W0182513

Aus Freude am Lesen

Ihre Geschichte beginnt zwischen den schrägen Wänden am Göttinger Goldgraben, wo bei klarem Wetter ein Quadrat des Sternenhimmels durch das Dachfenster funkelt. Pierre studiert Physik, Nora Kunstgeschichte, und als sie sagt: »Ja, ich will bei dir bleiben«, gilt das für immer – glaubt sie. Doch dann, nach siebzehn Ehejahren, der Unfall, bei dem Pierre schwer verletzt wird. Ein Albtraum, den Nora nicht loswird. Sie kann sich nicht verzeihen, dass sie im Streit auseinandergingen, bevor das Unglück geschah. Wird sie je wieder aus dem Labyrinth von Schmerz und Schuldgefühlen herausfinden? Vielleicht sogar noch einmal von Liebe reden können?

IRINA KORSCHUNOW, geboren und aufgewachsen in Stendal, veröffentlichte zahlreiche erfolgreiche Romane. Darüber hinaus ist sie eine der bekanntesten Kinder- und Jugendbuchautorinnen Deutschlands. Ihre Bücher werden weltweit übersetzt. Die vielfach ausgezeichnete Autorin lebt in der Nähe von München.

IRINA KORSCHUNOW BEI BTB
Der Eulenruf. Roman (72532) · Malenka. Roman (72737) · Fallschirmseide. Roman (73040) · Das Spiegelbild. Roman (72333) · Ebbe und Flut. Roman (72173) · Von Juni zu Juni. Roman (72727) · Das Luftkind. Roman (73121)

Irina Korschunow

Langsamer Abschied

Roman

btb

Mix
Produktgruppe aus vorbildlich bewirtschafteten
Wäldern und anderen kontrollierten Herkünften
www.fsc.org Zert.-Nr. GFA-COC-001223
© 1996 Forest Stewardship Council

Verlagsgruppe Random House FSC-DEU-0100
Das für dieses Buch verwendete
FSC-zertifizierte Papier *Munken Pocket*
liefert Arctic Paper Munkedals AB, Schweden.

1. Auflage
Genehmigte Taschenbuchausgabe September 2010,
btb Verlag in der Verlagsgruppe Random House GmbH, München

Umschlaggestaltung: semper smile, München
Umschlagmotiv: plainpicture / clackclack
Druck und Einband: CPI – Clausen & Bosse, Leck
UB · Herstellung: SK
Printed in Germany
ISBN 978-3-442-74035-2

www.btb-verlag.de

Für Alex

Nun also soll Pierre begraben werden, draußen auf dem Einbeeker Heidefriedhof, mit kirchlichem Segen, und selbst als schon die Glocken läuteten, wusste ich noch nicht, ob es richtig war, was ich tat. »Für mich bitte kein Tamtam, nur die grüne Wiese und eine Gitarre mit Yesterday«, hatte er gelegentlich verlauten lassen, früher vor dem Unfall, als Sterben noch irgendwo im Abstrakten hing, nicht seine Sache. Doch dann, gegen Ende des großen Schweigens, hatte er angefangen, die Finger ineinander zu verschränken, erst sporadisch, allmählich häufiger, ein ehernes Bild, Pierre, der Leidensmann, bleich und erstarrt, die gefalteten Hände auf der Bettdecke.

Vielleicht nur eine leere Geste oder der Versuch, sich an sich selbst festzuhalten. Schwester Guda indessen, verantwortlich für das morgendliche Ritual, Säubern, Salben, Lagern und was der Körper sonst noch benötigte, um den Tag zu überstehen, bezeichnete es als Beten, »der Herr Professor betet wieder«, naheliegend für eine in die Jahre gekommene christliche Pflegerin, und keine Frage, dass sie unmittelbar nach seinem letzten Atemzug für eine kirchliche Beerdigung zu kämpfen begonnen hatte, mit dem Argument der gefalteten Hände, und vielleicht sei er im Verlauf seiner Heimsuchung ja längst wieder bei Gott angelangt, »darauf lassen Sie uns hoffen, Frau Nora«.

Aber woher sollte ich wissen, was in Pierres zerstörtem Hirn vor sich gegangen war in der letzten Phase und ob er sich auch jetzt noch die grüne Wiese gewünscht hätte oder doch lieber ein Grab hinter der alten Dorfkirche. Eins konnte so richtig oder falsch sein wie das andere, es gab keine schriftlichen Verfügungen. Weil aber Schwester Gudas Entschlossenheit jeden Einwand zunichte gemacht hatte, stand nun der blumenumwucherte Sarg an dem Altar, wo Pastor Kröger, ein etwas mickriger Mann mit erstaunlich sonorer Stimme, darauf beharrte, den langen Leidensweg eine göttliche Prüfung wie die des Hiob zu nennen, unerträglich, dieser Vergleich. Nein, das nicht, dachte ich oder murmelte es sogar, denn Schwester Guda neben mir, aufrecht, ihre frisch gestärkte Haube über dem Scheitel, griff nach meiner Hand, es sei doch eine schöne Predigt, der Herr Professor würde sich freuen.

Ich war ohne verwandtschaftlichen Tross gekommen, zwei Einzelkinder, Pierre und ich, jeder von uns hatte nur den anderen gehabt. Nun saß ich allein inmitten der Menge, die darauf wartete, Erde hinter ihm herzuwerfen, Nachbarn aus dem Ort, in dem wir unser Haus gebaut hatten, die Universität mit ihrem Umfeld, sein Institut natürlich in voller Besetzung, dazu die große Zahl der Freunde und Weggefährten aus vergangenen Zeiten, viel zu viele Menschen für die kleine Friedhofskapelle. Sie drängten sich in den Bankreihen und an den Wänden, und während die Predigt weiterhin um Hiob kreiste, sah ich plötzlich Leo unter der Empore stehen. Unsere Blicke trafen sich, ich wandte mich ab, warum musste er kommen nach allem, was passiert war. »Lass ihn endlich los«, hatte er gesagt, »es ist doch Zeit, wirf dich nicht immer wieder dazwischen«, und nun stand der Sarg am Altar, nein, Leo hätte nicht kommen dürfen.

Schwester Guda hielt immer noch meine Hand, »Hiob«, dröhnte Pastor Kröger, »Hiob, ein Knecht Gottes, und gleich ihm hat auch unser nunmehr erlöster Bruder sich in den Willen des Herrn gefügt«, der Moment, in dem ich Pierres Gelächter zu hören meinte. Ich presste die Lippen zusammen. Nur nicht weinen, nicht vor der versammelten Gemeinde, schon gar nicht in Gegenwart jener ehemaligen Kollegen, die sich nach dem Unfall der Materialien seines noch unveröffentlichten Forschungsprojekts bemächtigt hatten, jetzt aber, ohne Zweifel dankbar für den endgültigen Abgang, schwarzbeschlipst zum Trauern erschienen waren. Und als der Dekan an den Sarg trat, um den viel zu frühen Tod des hochgeschätzten Wissenschaftlers zu beklagen, verlor ich doch noch die Fassung, verzeih mir, Pierre, verzeih mir dies und alles, verzeih mir.

Die Beerdigung, das letzte Kapitel unserer Geschichte. Ich gehe an der Spitze des Trauerzuges, mit dem Bild in der Hand, das neben dem Sarg gestanden hatte, Pierre in seinem alten Anorak, schwarz, der rote Pulli darunter. Ein Foto aus unseren Göttinger Anfängen, er, der Überflieger, kurz vor dem Physikdiplom und ich im vierten Semester Kunstgeschichte. Noras Orchideenfach, wie er es nannte, was mir, obwohl seine Halbleiterphysik mich ebenfalls kaltließ, jedes Mal einen Stich gab. Und nun nur noch das Bild.

Ich sehe ihn an, die dunklen Augen, das lachende Gesicht, und die Zeit beginnt sich zu drehen, zurück ins Damals vor zwanzig Jahren. Es ist Sommer, wir gehen durch die Weender Straße Richtung Mensa, der tägliche Weg. »Du und deine brotlosen Spielchen!«, tönt Pierre aus dem Off, »aber egal, du heiratest ja sowieso demnächst«, wonach meine eigene Stimme »ach ja, wen denn?« fragt, und selbst jetzt noch, auftauchend aus dem Dunst der Erinnerung, glaube ich, den Ärger über seine flapsige Antwort zu spüren: »Wen wohl, mich natürlich.«

Nur eine Frotzelei, was sonst auch angesichts unserer eher lockeren Beziehung, die für mich in jenem ersten Sommer, obgleich wir schon seit drei Monaten zusammen durch Göttingen liefen, noch keineswegs nach Dauer schmecken wollte.

»Ich bin Pierre«, hatte er beim Tanzen oben am Rohns gesagt, während die Beatles mit ihrem Yesterday aus den Lautsprechern quollen, Yesterday, jedermanns Ohrwurm, der nun ihm und mir zu gehören begann. Unser

Lied und ein Muss geradezu für Pierres Beerdigung, hatte ich gedacht, als kurze Sequenz zumindest zwischen Chorälen und Klassik, warum nicht, auch kirchliche Rituale waren ja nicht unberührt geblieben vom Zeitgeist. Einer unserer Freunde beispielsweise hatte das Programm der eigenen Trauerfeier rechtzeitig festgelegt, worauf zwei Celli ungehindert sämtliche Strophen von Mackie Messers Haifisch-Song an seinem Sarg darboten, feierlich wie ein Largo, man wusste nicht, ob man weinen oder lachen sollte, aber der Wille des Toten wurde erfüllt. Pierre indessen, weil unser alttestamentarischer Pastor Kröger Sakrilege solcher Art nicht zuließ, durfte nur mit einem Bach'schen Geigensolo sowie dem langsamen Satz aus Beethovens zweitem Streichquartett verabschiedet werden. Kein einziger Takt Yesterday, meine Schuld, ich hätte darum kämpfen müssen. Doch jetzt war wohl auch dies nicht mehr von Belang.

»Pierre«, hatte er mir damals beim Tanzen mitgeteilt, »ich bin Pierre. Und du?«

»Nora«, sagte ich.

»Nora«, er zog das O breit auseinander. »Etwa nach der aufmüpfigen Dame von Ibsen?«

»Mag sein«, sagte ich, »da müsste man mit meiner Mutter reden.«

Er lachte: »Wohl eine frühe Emanze?«, was der Sache ziemlich nahe kam, und um der Antwort auszuweichen, fragte ich, ob denn hinter jedem Namen das passende Programm stecken müsse und wie es bei ihm damit stehe. Pierre, da könne man ja sicher etwas Französisches vermuten.

Er runzelte kurz die Stirn, »mag ebenfalls sein, aber das verrate ich erst, wenn wir uns besser kennen. Gibt es eine Chance?«

»Ich bin doch keine Kassandra«, sagte ich, alles nur so hingeworfen, nicht mehr als Geplänkel. Im Übrigen gefiel er mir mit seiner lässigen Art und der Ironie in der Stimme, und dann die Augen, die dunkel waren, neugierig und beredt, französische Augen. Wir tanzten den ganzen Abend zusammen, und gegen Mitternacht, auf dem Waldweg, der vom Rohns in die Stadt hinunterführte, küsste er mich, er mich und ich ihn, nein, keine Rede von Einseitigkeit. Doch auf die damals bereits übliche Frage, ob wir zu mir gehen wollten oder zu ihm in sein Zimmer am Goldgraben, bekam er ein entschiedenes »Weder-noch« hingeworfen, zu meiner eigenen Verwunderung. Ich war, was die sogenannten Beziehungen betraf, bisher nicht besonders heikel gewesen, vielleicht aus Angst vor irgendetwas Ernsthaftem, das mich von meinem Studium hätte entfernen können, und wohl auch, weil es keinem der wechselnden Freunde gelungen war, die Erde erbeben zu lassen, wie ich es einst, gerade vierzehn geworden, in Hemingways »Wem die Stunde schlägt« gelesen hatte. Maria und Roberto unter dem spanischen Sternenhimmel, und die Erde zittert, unvergesslich, dieses Bild, tiefverwurzelt in der Phantasie. Möglich, dass nun, acht Jahre später, Pierre mir als Bote aus Bezirken, wo es Wunder solcher Art zu geben schien, vorgekommen war, ein Wissender, nicht geschaffen für die üblichen Banalitäten, und mein »Weder-noch« die einzig richtige Reaktion.

Gedanken im Nachhinein, von denen der Kopf nichts wusste an diesem ersten Abend, aus dem viele andere wurden, Tage, Abende, schließlich auch Nächte, ein ganzer Sommer, und manchmal bebte sogar die Erde oben zwischen den schrägen Wänden am Goldgraben, wo bei klarem Wetter ein Quadrat des Göttinger Sternenhimmels durch das Dachfenster funkelte, genau über dem Bett.

Das Haus gehörte einer wachsamen Professorenwitwe namens Brandes, die bei meinen abendlichen Aufstiegen in den zweiten Stock und erst recht nachts, wenn ich wieder davonschlich, den Kopf durch ihre Tür steckte. Überhaupt lästig, dieses Kommen- und Gehenmüssen, zumal es neben Pierres Mansarde eine zweite gab, die sich eventuell der Witwe Brandes hätte abschwatzen lassen, eine Möglichkeit, von der er zwar gelegentlich sprach, aber nicht der Liebe wegen, sondern eher aus praktischen Erwägungen, »wäre doch praktisch, so Tür an Tür, und bestimmt viel billiger«, was mich irritierte und erleichterte zugleich. Auch mir schien es riskant, von der Liebe zu reden, die Unbedingtheit forderte und sicher nicht dulden würde, dass ich nachts zwar Pierre haben wollte, er und ich unter dem Sternenquadrat, und die Erde zittert, tagsüber aber dem Studium hinterherlief, meiner Kunstgeschichte, deretwegen ich nach Göttingen gekommen war.

Utopisch offenbar, beides zu verlangen. »Man kann nicht zwei Herren dienen«, hatte meine Mutter mir eingeträufelt. »Eine Frau muss sich entscheiden, sonst steht sie am Ende mit leeren Händen da, und ein ordentlicher Beruf ist verlässlicher als irgendwelche Treueschwüre am Altar.« Noch immer hallte es in mir nach, sodass ich dem Wort Liebe geradezu automatisch »auf Zeit« anhängte, Liebe auf Zeit, ohne Kinder und Küche, und mir etwas anderes wichtiger schien als die zweite Mansarde am Goldgraben: eine Doktorarbeit nämlich über englische Damenportraits aus dem siebzehnten und achtzehnten Jahrhundert, die plötzlich von mir Besitz ergriffen hatten, in London, wo ich mich nach dem Abitur als Au-pair-Mädchen verdingt hatte, um hinterher Englisch zu studieren. Englisch fürs Lehrfach, halbherzig zwar, aber etwas Besseres fiel mir nicht ein, und Studienrätinnen, meinte meine Mutter, brauchten wenigstens keinen Mann mit Pensionsberechtigung.

Ihre fixe Idee, durchaus verständlich angesichts der Erfahrungen mit meinem Vater, den sie mitten im Krieg von der Breslauer Schulbank weg geheiratet hatte, Liebe auf den ersten Blick und die bestmögliche Partie in aller Augen, weil ein Flugzeugingenieur nicht Soldat werden musste. Ihn freilich schien das Privileg zu beunruhigen, immer heftiger, sodass er sich noch 1944, kurz vor meiner Geburt, freiwillig an die Front gemeldet hatte, wo er zu Tode kam und sie mitsamt Baby der Nachkriegszeit im fremden Kassel auslieferte, eine berufslose Flüchtlingsfrau für niedere Arbeiten, schlecht bezahlt und auch sonst nichts wert.

»Dieser kluge Mensch und so verbohrt«, pflegte sie ihn angesichts ihrer Mühsal inmitten des rundherum allmählich wachsenden Wohlstands anzuklagen. »Verbohrt und töricht, nun müssen wir es büßen, und sieh nur zu, dass du aus eigener Kraft durchs Leben kommst.«

Der Dauerton über meiner Kindheit, auch noch, nachdem es uns besser ging, und obwohl das Lamento mir mit der Zeit unerträglich wurde, blieb manches davon hängen. Doch dann war ich in die Londoner Galerien geraten, wo die goldgerahmten Ladys, umgeben von ihren Parks, Kindern und Hunden, mich zu erwarten schienen. Gesichter voller Geheimnisse. Sie besetzten meine Träume, bis am Ende des Au-pair-Jahres nicht mehr irgendwelche Pensionsberechtigungen zählten, sondern nur noch Bilder, und da meine Mutter sich der ihrer Meinung nach brotlosen Kunstgeschichte verweigerte, beschloss ich, das Studium ohne sie durchzuziehen. Kein Pausenfüller also, dieses neue Fach, wie Pierre in seiner von Zahlen und Formeln geprägten Sicht vermutet hatte, der tiefere Grund meines Ärgers damals auf dem Weg zur Mensa, und überhaupt: Falls ich jemals heiraten sollte, dann, so viel war sicher, nur einen Mann, der meine Lust an gemalter Vergangenheit nicht als Spielerei abtun würde.

Das freilich hörte Pierre erst, als über die Liebe und wie es damit weitergehen sollte, doch noch geredet wurde, von ihm zumindest, wogegen ich mir alle Mühe gab, das Thema, je mehr es sich in den Vordergrund drängte, weiterhin kleinzuhalten. Dabei war es ja schön mit uns, immer schöner eigentlich, so viel Gemeinsames trotz der Unterschiede, und jeder verstand die Zwischentöne des anderen, meistens jedenfalls. Ich mochte die gleichen Menschen wie er, die gleichen Filme, die gleichen Dinge, mochte vor allem, wie er sich anfühlte und bewegte und roch und sprach und lachte, und auch meine englischen Damen schienen ihn durchaus nicht mehr ganz kaltzulassen, weniger jedenfalls als mich die Physik, was Pierre jedoch keineswegs übel nahm. Im Gegenteil, eine derart komplizierte Materie, fand er, wäre dem Laien ohnehin kaum zu erklären, und im Übrigen, ich hätte meine Sache und er seine, und alles Drumherum gehöre uns gemeinsam, was wolle man mehr.

Ich nickte, ja, so war es. Aber wenn er von der Zukunft anfing, unserer Zukunft, »und du meinst doch auch, dass wir zusammengehören, nun sag es mir endlich«, geriet ich in Panik, womöglich alles zu verlieren, was sonst noch mein Leben ausmachte. Ein uferloses Hin und Her, bis Pierre es schließlich zickig nannte und neurotisch und beiseitefegte.

Wieder war es auf dem Weg zur Mensa, November, ein plötzlicher Wolkenbruch. Wir hatten uns unter den nächsten Torweg geflüchtet, und dort, während der Regen rauschte, forderte Pierre die Entscheidung: »Schluss mit der Zickerei, jetzt reicht es, entweder ganz oder gar nicht, ja oder nein, was willst du?«

Seine finale Frage, vor der die Barrieren wie von

selbst in sich zusammenfielen, trotz der Bemühungen meiner Mutter, aus ihrer Tochter eine Frau zu machen, die es versteht, allein für sich zu sorgen, unabhängig von männlichem Geld und männlicher Dummheit. Und falls ihre Sprüche die Ursache waren für meine Wechselspiele während der ersten Göttinger Zeit, keine Beziehung von Dauer und jede leicht zu verschmerzen: Bei Pierre, das wurde mir klar in diesem Moment, wollte ich bleiben. Ich wollte beides, meine Arbeit und ihn, der die Erde beben ließ, und so sagte ich ja statt nein, »ja, dich will ich behalten«, und bestätigte den Entschluss im Mai 1968 mit Brief und Siegel: Nora Lohring, geborene Pfeil.

Lohring, ein Name, der mir gefiel. Ich hatte ihn schon oft vor mich hingeschrieben, ganze Seiten voll, probeweise fürs Standesamt. Doch nun, im Ernstfall, geriet mir das O unversehens zum Stolperstein. Wie um Himmels willen ging es weiter? Mit h oder ohne? Loring, Lohring? Eine Schrecksekunde, die Hand, könnte man sagen, verdorrte, lauf, rief es von irgendwoher, lauf, so weit du kannst. Es traf mich wie ein spitzer Schlag, da und schon vorbei, sodass es mir später, unter der Glocke des Schweigens, als die Vergangenheit sich mehr und mehr ins Gegenwärtige drängte, so vorkam, als hätte es dieses Signal gar nicht gegeben. Nur eine Eskapade der Erinnerung, die Geschichte vom verlorenen H. Man erzählt sich so manches in der zerfließenden Zeit, und die Zeit war zu Brei geworden, seit Pierre, der lachende Pierre, sich und mich verlassen hatte, damals, während der Frist zwischen Leben und Tod, nachdem er auf der Autobahn kurz vor Hamburg unter den Laster geraten war.

Es geschah im Februar, am 26. Februar neunzehnhundertfünfundachtzig, ein blauer Wintertag, in der Luft hing schon etwas vom Frühling. In der Nacht davor waren wir, er und ich, von der Reise zurückgekehrt, jeder für sich allein und dennoch zusammen. Schon als das Garagentor sich schloss, sah ich Pierres grauen Peugeot um die Ecke biegen, schön, diese Gleichzeitigkeit nach den Tumulten fünf Wochen davor, und schön, wieder neben ihm auf das warme Haus zuzugehen. Ein Gefühl wie in den Anfängen, ohne das Gewicht von siebzehn Ehejahren im Schlepptau mit ihren hellen und schwarzen Stunden, der Liebe, die bleiben wollte, dem Streit, der sich dazwischendrängte, immer lauter, bis es wegen der Sache mit dem Kind fast zum Bruch gekommen wäre: Annika, die kleine Tochter, von deren Existenz Pierre erst drei Jahre nach ihrer Geburt etwas erfahren hatte, ein Schatten, über den wir, er und ich, nicht gemeinsam springen konnten. Wir waren auseinandergelaufen, dahin und dorthin, für immer eigentlich, und nun glaubten wir an einen Neubeginn.

»Diesmal werden wir es schaffen«, sagte Pierre, bevor das Licht gelöscht wurde. »Verzichten und verzeihen, das müssen wir lernen, wir beide. Und lass mich nie mehr allein.«

Es tat gut, seine Haut zu spüren und wie er roch und sich anfühlte und bewegte und sprach und lachte. Es war schön, immer noch, genauso wie früher unter dem Sternenquadrat. Nicht vorstellbar, ich ohne ihn.

»Niemals mehr«, wiederholte Pierre. »Versprich es mir«, und »ja, ich verspreche es«, höre ich mich sagen, viel zu feierlich jetzt in der Rückschau, nicht unser Ton normalerweise. Ein Quäntchen Lässigkeit hätte eher gepasst, »keine Sorge, ich bleibe dir erhalten«, zum Beispiel. Aber mein Bedürfnis nach Pathos scheint dringlich gewesen zu sein, so, als hätte etwas in mir gewusst, dass es nie mehr eine Nacht wie diese geben würde, nie mehr seine Haut an meiner, und dass die Zukunft neue Töne brauchte, feierlich wie in der Kirche, ja, ich verspreche es.

War es so? Oder fange ich wieder an, vor mich hin zu spekulieren? Kann sein, nicht weiter wichtig. Und was den Ton betrifft: Vermutlich hätte selbst eine Spur mehr Lässigkeit nichts geändert am Lauf der Dinge, gesagt war gesagt.

Der nächste Morgen begann mit frischen Brötchen, der Zeitung und ihrem Inhalt, unser gewohntes Programm. Auch, dass wir zu lange beim Frühstück sitzen blieben, gehörte dazu, und Pierre, als ich ihn an seine Vorlesung erinnern wollte, schob die Mahnung wie üblich vom Tisch, »ach, nur noch ein paar Minuten.«

Dieses schludrige Verhältnis zur Zeit. »Fahr doch endlich«, sagte ich, »warum musst du wieder wie ein Verrückter durch die Gegend rasen«, und für alle Ewigkeit wird mir sein seltsames Lachen im Ohr dröhnen: »Hauptsache, wir reden noch miteinander.«

Sein Lachen an diesem Morgen und wie er vor der Tür die Hand hebt und mir übers Gesicht streicht zum Abschied und durch den Garten geht, nur ein paar Schritte, dann aber stehen bleibt und sich umdreht. Ich sehe es, fühle es, will die Bilder vertreiben und hole sie doch immer wieder zurück, als wäre er es, den ich nicht loslassen dürfte, um keinen Preis.

»Du und deine Gefühle«, hatte Pierre gespottet, falls er in meinem Umgang mit den englischen Ladys Sentimentalitäten zu riechen meinte. »Hör auf, in Gefühlen zu baden, halt dich an die Fakten«, und ja, er hatte recht. Aber schwierig, wenn es hart auf hart kommt, Fakten und Gefühle zu trennen.

Da also stand er und sagte: »Ich kann es nicht.«

»Was?«, fragte ich.

»Annika«, sagte er. »Statt zu schlafen, habe ich mir in der Nacht vorgestellt, wie sie Papa ruft und durch die Wohnung läuft und nach mir sucht und weint, weil sie mich nirgendwo findet. Nein, es geht nicht. Ich kann sie nicht einfach abhängen und aus meinem Leben streichen.«

»Nur mich«, rief ich, »mich kannst du abhängen«, und »nein«, sagte er wieder, »nein, dich auch nicht, sonst wäre ja alles nur halb so schlimm. Aber du bist erwachsen, du kannst nachdenken und Entscheidungen treffen, das Kind dagegen kann nur weinen«. Worauf ich die Nerven verlor und wissen wollte, wieso er denn gestern Nacht noch alles Mögliche versprochen, geplant und von mir verlangt hätte, »das Blaue vom Himmel herunter, wieso bitte?«

Erst eine Pause, dann die Antwort. »Weil ich daran geglaubt habe. Und dich nicht verlieren wollte. Und mich noch nicht richtig kannte. Tut mir leid.«

»Natürlich«, sagte ich. »Erst ein bisschen Betrug und danach tut es leid.«

Pierre sah mich an. Sein bräunliches Gesicht war noch nie so weiß gewesen. »Wie du meinst«, sagte er, drehte sich wieder um und ging zur Garage. Und das war es.

Die Fakten also von jenem Februartag, an dem Pierre in die Katastrophe hineinfuhr. Die alte Uhr in der Diele schlug zehn. Zehn helle, silberne Schläge, da verließ er das Grundstück. Ich stand am Fenster, sah, wie der Peugeot die Straße entlangrollte und verschwand. Ich faltete die Zeitung zusammen, brachte das Zimmer in Ordnung, goss mir noch einen Kaffee ein, drückte auf die Fernbedienung, Nachrichten, Kommentar, das Wetter. Dann kam der Anruf, ein Unfall am Ende der Autobahn, der Rettungshubschrauber bereits unterwegs. Ich raste zum Eppendorfer Klinikum, ließ den Wagen im Parkverbot stehen, hörte, dass Pierre im Operationssaal sei, so fing es an, so ging es weiter, Fakt auf Fakt, unablässig, das musste ich lernen.

Die Operation dauerte über fünf Stunden, eine endlose Kette von Sekunden und Minuten draußen auf der Wartebank, wo ich saß mit den Tränen, die sich nicht lösen wollten, und der Angst im Nacken, dass vielleicht jetzt, in diesem Augenblick, die operierenden Ärzte ihre Instrumente fallen ließen, Exitus, vorbei und Pierre noch nicht einmal vierzig. Doch der grünbekittelte Chirurg, der schließlich vor mir stand, sagte »er hat es geschafft« und brachte mich zur Intensivstation im Erdgeschoss, wo sich die Betten befanden für das Ende oder einen Neubeginn, vollautomatische Lagerstätten mit Vorhängen an den Seiten zum Schutz der letzten Intimität. Bleiern, dieser Raum im fahlen Licht der Milchglasscheiben, abgeschottet gegen die Außenwelt, so schien es, eine Fähre im Orbit zwischen Leben und Tod, und die Stille rundherum nur durchbrochen vom Rhythmus der Beatmungsgeräte und Monitore, Schritte dann und wann, gedämpfte Stimmen oder auch ein Jammerlaut, kurz und kraftlos.

Da lag es, das weiße Bündel, verdrahtet, verkabelt, an Schläuche und Maschinen gefesselt, mit Resten von Pierres Gesicht zwischen den Verbänden. »Frakturen quer durch den Körper«, sagte der Chirurg, ein hagerer Mann mit müden rotgeränderten Augen. »Beine, Becken, Brustkorb, der Kopf, ja, der Kopf leider auch,

Schädel-Hirn-Trauma, es kann lange dauern, bis so ein Patient aus dem Koma erwacht.«

»Wie lange?«, wollte ich fragen. Aber gleichzeitig, vielleicht wegen des traurigen Lächelns in seinen Augen, löste sich die Blockade bei mir. Plötzlich, von Sekunde auf Sekunde, musste ich weinen, ein Tränensturz in die hohle Hand hinein, nicht zu ändern.

Er gab mir ein Taschentuch und sagte, »weinen Sie, Tränen sind gut, bloß nicht alles herunterschlucken«, mit einer Stimme, die anders war als vorher und mich so weit beruhigte, dass ich meine Frage nach der Dauer des Komas stellen konnte.

»Wie lange also?«, wollte ich wissen, worauf er mit den Schultern zuckte, »schwer zu beantworten. Schädelbruch mit Verletzung der Hirnsubstanz, dazu die Wirbelsäule, das Rückenmark«, und möglich, dass ich aufgeschrien habe in dem Moment, denn er hob beschwichtigend die Hände, »nein, kein Querschnitt, zumindest kein kompletter. Wir tun, was wir können, um die Knochen zu stabilisieren, und auch in der Reha geschehen manchmal erstaunliche Dinge. Aber viel zu früh, jetzt schon davon zu reden. Jede Prognose wäre reine Spekulation. Man muss abwarten. Und hoffen. Und ich wünschte, ich könnte Ihnen mehr versprechen.«

Er hieß Moorwede, Professor Moorwede, und war nicht nur Chirurg, sondern zugleich der Koordinator für das Konsilium sämtlicher um Pierre bemühten Spezialisten von jetzt an bis zur Genesung, einer immerhin möglichen Alternative, wie er mir bereits erklärt hatte.

»Hoffen und tun, was in unserer Macht steht«, hörte ich ihn noch einmal sagen, mit mehr Resignation in der Stimme freilich als Zuversicht, vor Erschöpfung vielleicht oder weil er die Grenzen seiner Macht kannte. Ich hingegen hatte noch nie etwas von Verletzung der Hirnsubstanz gehört, auch nicht von Blutungen, Quetschungen und wozu Schäden solcher Art führen können. Also sagte ich etwa, ja, ganz bestimmt, Sie werden ihm helfen, Sie tun Ihr Bestes, da bin ich ganz sicher, und vielleicht geschieht ja ein Wunder, und Dr. Moorwede hat vermutlich noch einmal gelächelt, mehr traurig als tröstlich, bevor er ging. Ja, so wird es gewesen sein an diesem Abend, als ich mich zum ersten Mal auf den blauen Plastikstuhl neben Pierres Bett setzte und noch nicht wusste, was gerade begonnen hatte.

Es war spät geworden, längst dunkel draußen, doch hier, in der gedimmten Beleuchtung, schien die Zeit sich nicht zu bewegen und das, was man von Pierres Gesicht sehen konnte, zur wächsernen Maske erstarrt. Am Morgen war es noch voller Leben gewesen, bräunlich, mit einer Spur Oliv darin, seine Farbe rund ums Jahr, mal dunkler getönt, mal etwas heller, aber immer so, als wäre er gerade erst aus dem Süden gekommen.

Gebräunte Haut, dunkle Haare und Augen, dazu noch der Name, naheliegend, ihn für einen Franzosen zu halten. Und das war er ja auch, zum Teil wenigstens, weil seine niederrheinische Mutter sich gegen jedes Verbot in den Kriegsgefangenen Pierre aus der Provence verliebt hatte, der im letzten Sommer vor der Niederlage, während die Männer der Gegend noch an allen möglichen Fronten kämpfen mussten, auf dem Hof ihrer Eltern zwangsweise den Knecht ersetzte.

Gefährlich, das Techtelmechtel mit dem Feind, lebensgefährlich für beide, aber da die Folgen der Nächte im Heu erst spät sichtbar wurden, durfte die Liebe auf ganz alltägliche Weise zu Bruch gehen. Wenn Frieden ist, hatte er ihr vorgegaukelt, kommst du mit zu mir nach Hause, dort blüht der Lavendel. Im Herbst jedoch, die amerikanischen Panzer rückten immer näher, war er eines Morgens verschwunden, endgültig, ohne Wiederkehr, aus und vorbei.

Aus und vorbei, hatte auch Pierre gesagt, als er mir diese Geschichte seiner Herkunft erzählte, irgendwann unterm Dach in Göttingen. Aus und vorbei, von wegen Lavendel, und da stand sie nun mit der Schande im Bauch, wollte das Kind trotz allem nach dem entflohenen Filou nennen und heiratete in letzter Minute den alten pensionierten Lehrer Lohring, der ein kleines Anwesen in der Nähe von Kleve besaß und sich ihrer erbarmte. Papa Lohring, kein Mann für die Liebe, aber der Richtige offenbar für den Kuckuckssohn, ein Wort, bei dem Pierre sich immer wieder zu amüsieren schien, wogegen ich jedes Mal das Bild meiner vergrämten Mutter vor mir sah. Denn was seine betraf, so hatte sie, statt ihr Schicksal zu bejammern, schon bald einen passenderen Bettgenossen gefunden und den grauhaarigen Nothelfer mitsamt dem kleinen Pierre, noch ein Mamakind damals, abgehängt. Kurze Besuche hin und wieder, ein bisschen zärtliches Getue, nur das war übrig geblieben und schließlich gar nichts mehr. Aber keine Katastrophe, wie er versicherte, »nein, eher das Gegenteil, weil sie uns nun in Ruhe ließ, Papa Lohring und mich, und es ging mir ja gut mit ihm, sehr gut sogar, ein guter Mensch, mein Kuckucksvater«.

Wieder dieses Lachen, doch jetzt, beim Nachhall der Erinnerungen, hier im Eppendorfer Klinikum, glaubte ich gleichzeitig die Klage des kleinen verlassenen Jungen zu hören. Nur ein paar Zwischentöne. Aber plötzlich wurde mir klar, weshalb sich unser Konflikt um Annika, das Kind einer anderen Frau, nicht hatte lösen lassen. Der Knoten in Pierres Seele. Und nun der Unfall auf der Autobahn, die Intensivstation, der verkabelte, kaputte Körper – sollte dies etwa die Lösung sein?

Ich beugte mich über ihn, nein, Pierre, nein, das nicht, komm, wach auf, wach endlich auf, ich bleibe bei dir, ganz oder halb oder wie immer du es willst, aber wach auf, bitte wach auf, eine atemlose Litanei gegen den Tod, bis zwei Hände nach meinen Schultern griffen und mich vor sich herschoben, durch die Tür, zum Lift, in ein Taxi. Ich sah die vorbeigleitenden Lichter der Stadt, die Scheinwerferschlangen zwischen den schwarzen Feldern, die Einbeeker Dorfstraße, danach unser Haus und fand mich frühmorgens auf dem Sofa wieder, im Wohnzimmer, mit Mantel und Mütze und Schuhen.

Mein Wagen vor dem Klinikum fiel mir wieder ein. Vielleicht stand er noch wie gestern im Parkverbot, vielleicht auch nicht, egal. Alles bisher Wichtige war egal geworden, nichts galt mehr außer Pierre in seinem Krankenbett, mein Ziel an diesem Morgen, vierundzwanzig Stunden nach dem Unfall, der von nun an den Lauf der Dinge diktierte. Vor dem Unfall, nach dem Unfall, die neue Zeitrechnung, und kaum messbar, jene ersten vierundzwanzig angesichts der vielen, die gerade begonnen hatten, auf Pierre und mich zuzurollen.

Aber davon ahnte ich nichts an diesem Tag, auch nicht, wie schwer sie wiegen können, solche Stunden, aus denen Wochen werden, Monate, Jahre in fortwährendem Wechsel. Es war ja erst Februar, schmutziger Schnee an den Straßenrändern, es fing ja erst an, und was angefangen hatte, ging weiter und würde sich verändern, unaufhörlich, in kleinen und großen Schritten, vielleicht schon in den kommenden Minuten. Und um da zu sein, falls Pierre gerade jetzt die Augen öffnete, hastete ich zur S-Bahn und von der S-Bahn zum Klinikum, setzte mich auf den blauen Plastikstuhl neben seinem Bett und wartete, Stunde um Stunde, Tag um Tag, und die Zeit zog an mir vorbei, der Rest vom Winter, der erste Frühling, ich merkte es kaum, wach auf, wach endlich auf.

Ziemlich riskant, an ein Wunder zu glauben, hatte Professor Moorwede gesagt, irgendwann, als die Forsythien blühten. Er erschien regelmäßig zur Visite, morgens an der Spitze der weißen Prozession aus Ober-

und Unterärzten, das große Ritual, vor dessen Beginn man mich vor die Tür schickte. Abends hingegen kam er meistens allein, um nochmals einen Blick auf seinen maschinell gesteuerten Patienten zu werfen, kürzer oder länger, je nachdem, und anschließend noch einige Worte mit mir zu wechseln, Belanglosigkeiten, es gab nur selten Neues neben der immer gleichen Routine, worüber also reden.

Diesmal jedoch hatte er, statt wie sonst möglichst schnell zu verschwinden, sich mühsam von Satz zu Satz gehangelt und schließlich ganz unvermittelt das Wunder ins Spiel gebracht, mit der Frage, wie viele Stunden ich eigentlich in dieser Einzelhaft verbringe und ob sich das nicht ändern lasse, mein Mann nehme es doch ohnehin nicht wahr.

Ob er sich dessen denn so sicher sei, fragte ich, oder es zumindest glaube, worauf er den Kopf schüttelte, nein, er nicht, weder das eine noch das andere. Manche Kollegen hätten da allerdings ihre eigenen Ansichten, sehr unterschiedliche, von nachdenklich bis verbohrt, aber immer nur Meinungen ohne Beweise.

»Weil es keine gibt«, sagte er, »auch keine Hinweise, bis jetzt jedenfalls, und das reicht mir nicht. Also, wie lange sitzen Sie tagtäglich hier an seinem Bett? Von morgens bis abends? Und etwa noch die halbe Nacht?«

»Ich will da sein, wenn er wieder zu sich kommt«, unterbrach ich ihn, worauf er nickte, »ja, ich weiß, Sie warten auf das Wunder. Und wenn ich Ihnen einen Rat geben darf: Klammern Sie sich nicht zu sehr daran. Wunder, falls es so etwas gibt, kommen ganz nach eigenem Gusto und häufig anders, als man hofft oder fürchtet. Ein geliebter Mensch stirbt, ein anderer, der entbehrlich wäre, steht wieder auf und wandelt, tückisch geradezu, könnte man meinen, tückische Wunder, ziemlich riskant, sich darauf einzulassen. Ich habe schon so manchen hier sitzen und sich kaputtwarten sehen, so etwas sollte Ihnen nicht passieren. Haben Sie keinen Beruf? Oder wenigstens irgendwelche Interessen?«

»Doch, ich bin Kunsthistorikerin«, sagte ich, fügte jedoch im gleichen Atemzug »gewesen« hinzu, voreilig vielleicht, denn noch lag in meinem Arbeitszimmer die halbfertige Geschichte über ein Bildnis der sanft lächelnden Lady Margaret Commery aus dem achtzehnten Jahrhundert, die, vom Ehemann wegen lockeren Lebenswandels verstoßen, mit Hilfe der Hinterlassenschaften eines späteren Liebhabers sowie ihrem klugen Umgang mit diesem Geld wieder zu Wohlstand gekommen war und nunmehr als ewig junge goldgerahmte Schönheit in einer großen Londoner Galerie weiterlächelt.

Private Schicksale vor der Kulisse von Gesellschaft und Kunst vergangener Zeiten, meine Spezialität anerkanntermaßen, und dass die Manuskripte stets pünktlich eingetroffen waren, hatte als zusätzlicher Pluspunkt in den Redaktionen, auf deren Listen ich stand, gegolten, bislang jedenfalls. Denn nun, nachdem unsere Katastrophe meinen Schreibtisch samt Lady Margarets Story ins Abseits befördert hatte, würde man auch mich sehr bald mit dem Stempel »fällt vorläufig aus«

brandmarken, einem Zeichen, das sich schwer wieder loswerden ließ. Wozu auch, mein Platz war jetzt bei Pierre. Gewesen also, ja, es stimmte, gewesen und vorbei und nichts anderes denkbar momentan.

»Vorbei?« Moorwedes Stimme klang irritiert. »Und gewesene Kunsthistorikerin? Gibt es das überhaupt?«

Der Doktortitel, sagte ich, bleibe mir selbstverständlich erhalten, würde jedoch schon jetzt kaum genutzt. Aber die Arbeit fürs Fernsehen und den Hörfunk und was ich sonst noch gemacht hätte, sei nun wohl vorbei und auch nicht mehr so wichtig, worauf er mir ins Wort fiel, »Fernsehen? Nora Lohrings Geschichten im goldenen Rahmen? Sind Sie das etwa?«

»Gewesen zumindest«, sagte ich, was er Unsinn nannte, »Unsinn, hören Sie auf damit. Glauben Sie mir, es ist falsch, allein dem Kranken Wichtigkeit zuzubilligen. Kaum jemand hält es aus, sich selbst unentwegt als Nebensache zu deklarieren, schon gar nicht eine Frau wie Sie, bei deren Sendungen ich immer wieder geglaubt habe, dass jede davon speziell für mich geschrieben worden ist. So ein Talent darf man nicht einfach wegwerfen, nein, wirklich nicht, denn irgendwann würden Sie es spüren. Es nicht gleich wahrhaben wollen vielleicht, doch spüren ohne Frage, wie einen Wurm in der Seele, Tag und Nacht, und wenn der Verstand sich endlich bequemt, das Desaster zur Kenntnis zu nehmen, ist schon nichts mehr zu retten.«

Es stimmt, dachte ich, und er meint es nur gut mit mir und will mir helfen, es geht nur nicht. Und so, weil er mir leidtat in seiner nutzlosen Emphase, sagte ich, dass dies alles ja wohl meine Sache sei und ich keine Patientin von ihm, was er mit einem Anflug seines traurigen Lächelns quittierte, »sicher, da haben Sie recht. Aber nichtsdestotrotz sollten Sie den Geschichten der Nora Lohring noch ein paar Chancen lassen«, das Ende des Gesprächs, wonach wir uns wieder in der bis dahin üblichen Weise verständigten, kurz und präzise, meistens jedenfalls. Auch er hielt sich daran, und keine Spur einer Ahnung bei mir, dass irgendwann jener Leo aus ihm werden könnte, der noch nicht hineingehört in meine Erinnerungen an die Zeit nach dem Unfall, als Moorwede täglich zur Visite erschienen war, jeden Morgen, jeden Abend, der Professor im weißen Kittel, Herr über Leben und Tod, und im Zentrum von allem Pierre.

Ich saß an seinem Bett, wartend, hoffend, und der Frühling verging und der Sommer, Monate, in denen die Wunden allmählich verheilten, die Knochen sich zu festigen begannen und aus dem verkabelten Bündel ein Mensch zu werden schien, der eines Tages vielleicht wieder ohne fremde Hilfe existieren konnte. Vielleicht. Denn noch lag er, gefangen vom Koma, im Käfig der Intensivstation, unerreichbar für meine Versuche, die Erstarrung aufzubrechen, mit Musik und Versen, mit Geplapper und Geraune, endlosen Weißt-du-noch-Geschichten und dem zärtlich-verrückten Zwiegezwitscher von einst. Und im September, als seine Augen sich endlich öffneten, erinnerte nur noch die Farbe an früher.

Es sei, sagte die Nachtschwester, kurz vor zwölf passiert, gerade, als sie ihn wieder neu lagern wollte, Lagern, die unablässige Prozedur im Kampf gegen den berüchtigten Dekubitus, der, wenn die vom langen Liegen zerschlissene Haut dem Druck der Matratze nicht mehr standhielt, zu schwärenden, sich immer tiefer ins Fleisch fressenden Wunden führte. Nur ständiges Drehen und Wenden konnte es verhindern, ein Rhythmus rund um die Uhr seit Beginn von Pierres Dauerschlaf. Noch nie hatte er darauf reagiert, mit keinem Laut, keinem Blick, »und plötzlich«, sagte die Schwester, »ist er wieder da und starrt mir ins Gesicht. Ich habe ihm auch gleich frische Windeln angelegt, was soll so ein armer Patient sonst denken, er weiß doch von nichts.«

Es war noch dämmrig gewesen, als ich ins Krankenhaus kam, ein kalter, windiger Morgen, und schon an der Tür zur Intensivstation hatte sie mich mit ihren Neuigkeiten abgefangen. Ohne Vorbereitung, Schüsse aus dem Dunkel, was die blanke Wut in mir hochjagte gegen irgendeine tückische Macht, die ihre Geißel über uns schwang. Sieben Monate an Pierres Bett, vierzehn Stunden pro Tag mindestens, rund dreitausend also insgesamt während des Komas. Und dann, beim Erwachen, hatte er nicht etwa mich gesehen, sondern die hier, ausgerechnet diese einfältige Person, wer lauerte da im Hinterhalt, wer war es, der die Fäden zog, was würde noch kommen, es reichte doch.

»Sie sind ja weiß wie die Wand«, sagte die Schwester. »Aber jetzt kann sich doch alles zum Besseren wenden.

Streicheln Sie Ihren Mann ein bisschen, vielleicht erkennt er Sie und wird sich freuen.«

Sie fing plötzlich an zu weinen, da verzieh ich ihr alles. Und später, als ich bei ihm war, schlug die Zeit wieder einen Salto vom Heute zu dem Göttinger Pierre im Anorak, jung und lachend, und über uns das Sternenfenster, die Erde bebt, ich liebe dich, ja, wir bleiben zusammen.

Nur ein Zucken der Erinnerung, schon vorbei, und seine Augen, schwarz und groß in dem eingefallenen Gesicht, begannen mich abzutasten, das Haar, die Stirn, den Mund. Wer ist das?, schienen sie zu fragen, was will die hier?

Ich griff nach seiner Hand, »Nora, ich bin Nora, du weißt es doch«, worauf die Augen weiterwanderten, über die Schulter, den Arm, zu meinem Ehering. Am zehnten Hochzeitstag hatte er mir zwanzig kleine Brillanten in das Gold einarbeiten lassen, für die vergangenen und die nächsten Jahre. Möglich, dass ihm jetzt etwas davon durch den Kopf blitzte.

»Ach ja, Nora«, sagte er jedenfalls oder wollte es sagen, brachte aber nur ein diffuses Lallen zustande, in dem Konsonanten und Vokale ineinanderflossen wie Wasserfarben beim Aquarellieren. »Achora«, so etwa, und danach irgendwelche Laute, die man als Fragen nach Papa Lohring deuten konnte, »ist Papa Lohring hier?«

Papa Lohring, unser guter Geist. Ich denke daran, wie er mir entgegenkam bei meinem ersten Besuch in seinem niederrheinischen Dorf: ein kleiner, gebückter Mann, achtundachtzig, zerknittert vom Alter, aber die Stimme noch fest und die Augen von fast kindlicher Arglosigkeit. Er breitete die Arme aus, »wie schön, nun habe ich eine Tochter bekommen« und wurde auf Anhieb zu einer Art Vater- und Großvaterverschnitt für mich, etwas, wonach ich mich immer gesehnt hatte und, als er starb, betrauern konnte.

Und nun Pierres Frage nach ihm.

»Papa Lohring ist doch tot«, versuchte ich seine Erinnerung zu beleben. »Hast du das vergessen?«

»Palorinissot«, lallte er, schwieg und starrte ins Leere, bevor die nächste kam, »issisinttattot?«, wieder und wieder, bis sich endlich der Sinn herausfiltern ließ. Ob das Kind auch tot sei, wollte er wissen, und dass von der ganzen gespeicherten Vergangenheit gerade dies in sein Bewusstsein zurückfand, dieses Kind, dessen Existenz für mich allmählich zu verblassen begonnen hatte, legte sich wie Nebel über die beginnende Zuversicht. Aber da schlief er schon wieder.

Pierre mit geschlossenen Augen, das gewohnte Bild, und der Groll fiel in sich zusammen: Dieser zerbrochene Mann, was hatte er noch zu tun mit dem Vater des fremden Kindes, was das fremde Kind mit ihm. Es würde verschwinden aus seiner Erinnerung, sich allenfalls zum Dauerauftrag reduzieren bei der Bank, und er wieder nur mir gehören, warum noch hadern.

Doch, das etwa dachte ich neben Pierres Bett und später draußen auf dem Flur, wohin man mich, als

Professor Moorwede mit seinem Gefolge erschienen war, geschickt hatte. Ich stand am Fenster, kreisende Wortkaskaden im Kopf, wie damals bei meiner Wach-auf-Litanei nach der Operation, dieses atemlose »wach auf, Pierre, wach endlich auf, ich werde alles tun, was du verlangst, aber wach wieder auf«. Die große Beschwörung im Angesicht des Todes. Und kaum, dass die Augen sich geöffnet hatten, wollte ich ihn ganz und gar in die Hilflosigkeit verbannen.

Nur in Gedanken. Aber der Gedanke sei die halbe Tat, flüsterte das Gewissen, unüberhörbar im Durcheinander der Gefühle, und stimmt es denn, was ich jetzt im Rückblick vor mich hin denke? Oder wirft die Erinnerung mir Trugbilder zu? Kann sein, vielleicht. Sicher ist nur, dass, während endlich der längst fällige Regen an die Fensterscheiben zu schlagen begann, Professor Moorwede neben mir auftauchte, Ende der Visite, ich hatte nicht gehört, wie die Tür zur Intensivstation sich öffnete und schloss.

»Sie können sich wieder zu Ihrem Mann setzen«, sagte er, und ja, nun sei er also zurückgekehrt, und es sehe gar nicht mal übel aus für den Anfang. Ganz normal eigentlich angesichts so massiver Schädigungen, und vieles werde sich vermutlich noch bessern mit der Zeit, nur nach dem Wann dürfe man nicht fragen.

»Wann?«, wollte ich trotzdem wissen, und er zuckte mit den Schultern, »nicht, bevor die Untersuchungen zeigen, welche Fähigkeiten und Funktionen noch erhalten sind oder sich eventuell reaktivieren lassen. Schafft das Gehirn es wieder, Impulse an bestimmte

Ziele zu senden? Und der Körper, gelingt es ihm, die Signale umzusetzen, laufen zu lernen, greifen, begreifen, agieren, reagieren, sich erinnern an das, was war? Alles ist offen, ein totaler Neubeginn. Wer aus dem Koma erwacht, hat jegliche Orientierung verloren. Mühsam, sich wieder hineinzutasten in unsere Welt mit gestern und morgen, Tag und Nacht, hier und dort. Kein leichter Weg.«

Er hatte sehr schnell gesprochen, im Galopp sozusagen, über Stock und Stein. Doch dann, nach einer Atempause, beruhigte sich das Tempo, »ja, schwierig, sehr schwierig, Schönreden nützt da nichts. Aber Ihr Mann ist wieder da, er will leben, und Lebenswille ist es, was jetzt zählt, mehr vielleicht als alles andere, glauben Sie mir.«

Sein tröstlich-trauriges Lächeln. Ich fing an zu zittern, meine Beine versackten im Nebel, erst Nebel, dann nichts mehr, bis ich mich auf der Liege im Schwesternzimmer wiederfand, wo Professor Moorwede gerade eine Spritze aus meiner Armbeuge zog. »Etwas für den Kreislauf«, sagte er, »gleich fühlen Sie sich besser, und von nun an ist Schluss mit dem Stress, auch Sie brauchen Ruhe.«

Ich wollte aufstehen, wollte zu Pierre, ihm etwas mitteilen, unbedingt, es sei wichtig, aber Moorwede hielt mich fest. Nein, keine Besuchszeit mehr, nein, heute nicht, das Letzte, das ich hörte, im Halbschlaf oder schon im Traum, der mich nun doch noch an Pierres Bett trug mit dem, was mir auf der Zunge brannte seit den Phantasien draußen am Fenster, noch einmal nämlich das Versprechen, bei ihm zu bleiben, immer, du weißt es doch, und Pierres Stimme sagte ja, »ja, ich weiß es, versprochen ist versprochen«, alles so verschwommen wie Träume sind, aber dennoch glasklar und in Wellen von Glück und nicht wieder loszuwerden.

Ein langer Schlaf im Schwesternzimmer, sehr lang offenbar, sehr tief, und der Tag draußen auf dem kleinen Platz, wo das Grün der Ahornbäume sich schon verfärbte, schien, als ich ins Freie trat, auf ganz besondere Weise zu glänzen. Fünf Uhr nachmittags und warm wie im Sommer. Sonst, wenn ich die Klinik verlassen hatte, war es meistens schon dunkel gewesen, später Abend oder Nacht sogar, durchbrochen nur von den Bogenlampen, manchmal auch Mond und Sterne darüber, je nachdem. Jetzt indessen prallte Sonnenlicht auf die Wege und das Geäst, Sonne ohne Schatten, so kam es mir vor, ein gleißender Septembertag selbst noch in der Erinnerung, und ich so frei und leicht, als wären alle Lasten vom Schlaf verschluckt worden. Aber vielleicht hatte Moorwede auch etwas ganz Spezielles in seine Spritze gemixt, irgendetwas, das die Illusionen leuchten ließ, ein Blendwerk zum Schutz vor den Fakten.

Später, wieder in Einbeek, stand ich auf unserem Balkon im ersten Stock und sah, wie der westliche Horizont zu flammen begann und allmählich verglühte.

Einer dieser gloriosen Sonnenuntergänge, die mir fast abhandengekommen waren im fahlen Licht der Intensivstation.

Der Kühlschrank unten in der Küche starrte mir leer entgegen. Aber bei der nach Ladenschluss sonst unerbittlichen Frau Sörsen hatte ich nicht nur Schinken, Eier und Tomaten bekommen, sondern als Zeichen ihrer Anteilnahme sogar noch einen Piccolo gratis. Ich stellte das blaue Geschirr auf den Tisch, blaues Geschirr, blaue Kerzen und Wein aus dem Roussillon, wie seit eh und je in unserem Haus bei einem besonderen Anlass. Denn das war es ja, mein erstes Abendessen hier nach dem Unfall, und auch für Pierre stand ein Gedeck bereit. Symbolisch vorerst. Aber irgendwann, in sechs, acht oder zehn Wochen, egal, würde auch er mir wieder gegenübersitzen, redend, lachend, die Zeit vergessend und, wenn der Wein getrunken war, die Kerzen löschen, komm, Nora. Eine triumphale Gewissheit geradezu, und was immer der Grund dafür sein mochte, der lange Schlaf oder Moorwedes Spritze: Ich fühlte mich glücklich an diesem Abend, fast so glücklich wie vor neun Jahren, als wir das Haus endlich in Besitz hatten nehmen können samt Wald und Heide und Sonnenuntergängen, deren Prunk die von Göttingen weit in den Schatten stellte. Aber vielleicht hatten wir dort auch nur nicht richtig hingesehen.

Göttingen, seit dem Studium etwas wie Heimat für uns, behelfsmäßig, mit dem Glanz des Provisorischen. Pierre war nach einer aufsehenerregenden Dissertation, in der es um bisher als unlösbar geltende Probleme der Halbleiterphysik ging, trotz mancher Verlockungen aus der Industrie hier am Institut geblieben, wo er mit Hilfe der Deutschen Forschungsgemeinschaft den Dingen weiter auf den Grund zu kommen versuchte. Auch Teile seines Assistentengehalts wurden von diesem Projekt verschlungen, ein Moloch, für persönliche Bedürfnisse blieb nicht viel übrig. Aber Geld spielte keine sonderliche Rolle in der halbstudentischen Existenz, die wir uns weiterhin leisteten, frei von Zwang und Routine, mit der richtigen Arbeit, den richtigen Freunden und dem sicheren Gefühl, die Zukunft werde sich irgendwann von selbst regeln, eines fernen, sehr fernen Tages, wie wir glaubten. Bis man Pierre schon viel früher die Professur in Hamburg antrug, ausgerechnet ihm, noch nicht mal dreißig und nur einer von den zahlreichen jungen Wissenschaftlern, die vor der Universität Schlange standen. Kaum zu begreifen, diese Nachricht, ein Glücksfall sondergleichen.

Mir kam es ebenfalls zupass, was da über uns hereinzubrechen begann, nicht nur wegen Pierres Karriere und der vielen Möglichkeiten in einer Stadt wie Hamburg, sondern auch, weil es ums Geld ging, Geld, das inzwischen doch wichtig geworden war, für eine bessere Wohnung zum Beispiel als die unter dem Dach der Witwe Brandes am Göttinger Goldgraben, wo sich in der zweiten Mansarde nun bereits seit sieben Jahren außer Herd und Kühlschrank auch mein sogenannter Arbeitsplatz befand.

Zu mehr hatte es nicht gereicht bisher, obwohl ich, weil unser karges Budget aufgebessert werden musste, bald nach der Hochzeit begonnen hatte, aus den für meine Doktorarbeit gesammelten Reproduktionen der goldgerahmten Londoner Ladys zunächst Geschichten für Magazine und bald auch Rundfunksendungen zu machen, eher widerwillig am Anfang, weil das Studium nicht auf der Strecke bleiben durfte. Allmählich jedoch, als es mich immer mehr fesselte, in öffentlichen und privaten Archiven nach Spuren zu suchen und die Portraits in Lebensbilder wie das der anrüchigen Margaret Commery umzumünzen, war aus der Schreiberei am Küchentisch etwas geworden, das sich nach der Promotion keinesfalls gegen die Wissenschaft oder irgendeine andere Beschäftigung eintauschen lassen wollte.

Warum auch, bei dem wachsenden Erfolg. »Und wenn es dein Traumjob ist, brauchst du selbstverständlich ein vernünftiges Arbeitszimmer«, fand sogar Pierre, als wir anfingen, über die Hamburger Wohnung nachzudenken, eine mit der Alster oder der Elbe vorm Fenster, darunter taten wir es nicht. Doch es wurde Einbeek daraus, dreißig Kilometer vom Stadtzentrum entfernt, und das Haus keineswegs nahe beim Ufer gelegen, sondern draußen am Dorfrand, wo der Blick über die Heide wandern konnte, über Wacholder und Ginster und Schafherden bis zum Horizont.

Dass wir uns in das Haus und den Ort vernarrt hatten, lag an Pierres Freund aus den frühen Göttinger Zeiten, Robert Mussak, Professor inzwischen für Laserphysik, der ihm bei seinen ersten Sondierungen in der Hamburger Universität wieder über den Weg gelaufen war, ein Zufall, der Anfang einer Kette von Zufällen mit der Katastrophe als Schlusspunkt. Denn ohne Robert Mussak und seine Einladung zum Mittagessen wäre Pierre wohl kaum täglich auf der Autobahn hin und her gependelt, nicht dem Lastwagen begegnet im entscheidenden Moment und von keinem Unfall zerschmettert worden, nicht von diesem zumindest. Einem anderen vielleicht, irgendwann, noch schlimmer sogar, kann sein. Aber das weiß man nicht. Man weiß nur, was war und was daraus geworden ist.

Einbeek also, der Auftakt. Wir waren gemeinsam nach Hamburg gefahren, Pierre wegen der letzten noch strittigen Punkte seiner Berufung und ich, um mit den Redakteuren vom NDR die Verhandlungen über eine Sendereihe, an der angeblich auch das Fernsehen Interesse zeigte, so oder so zu beenden. Am Tag danach hatten wir Wohnungen besichtigt, ohne Ergebnis, jede entweder zu groß oder zu klein, zu laut, zu teuer. Nun saßen wir auf Mussaks Terrasse, und Roberts Frau Renate stellte, umtanzt von ihren Zwillingen, die kalte Buttermilchsuppe auf den Tisch, ein Rezept aus Kiel, wo sie groß geworden war, hier im Norden esse man so was an heißen Tagen, daran müssten Newcomer sich gewöhnen.

»Wir wollen aber Pizza«, kreischten die Zwillinge dazwischen, Jule und Rieke, zwei niedliche kleine Bilderbuchmädchen, äußerlich jedenfalls, die, als ihre Mutter den Kopf schüttelte, noch lauter schrien.

»Pizza gibt's heute Abend«, sagte Renate und lachte. Sie war um die dreißig, genau wie ich. Ihr Dialekt gefiel mir, auch ihr Lachen und wie sie dastand, groß, nicht gerade schlank, mit einer unübersehbaren Aura von Festigkeit und Wärme.

Echt Holsteiner Charme, nannten wir es später in Erinnerung an diese erste Begegnung und unsere schnelle Sympathie füreinander, aus der, ebenfalls im Eiltempo, Freundschaft wurde, mit Unterstützung der Buttermilchsuppe sozusagen, die mir damals besonders gut schmeckte, zu Renates Genugtuung. »Wer meine Suppe mag«, sagte sie, »darf wiederkommen, ich habe noch mehr solcher Sachen parat.«

Das war Ende Juli, die Heide rot, rote Wellen mit Wacholderinseln da und dort und eine summende Stille rundherum, wie in dem Gedicht, das ich als Schulkind gelernt und fast vergessen hatte. »Es ist so still, die Heide liegt im warmen Mittagssonnenstrahle«, ja, so fing es an.

»Schön hier«, sagte Pierre, und Renate Mussak erzählte uns, dass die Sicht unverbaubar sei, weil gleich hinter der Hecke das Naturschutzgebiet beginne. Viel Platz zum Laufen und Radfahren, die Autobahn vor der Tür und eine S-Bahn im Zwanzigminutentakt, nein, man habe noch keine Sekunde bereut, hier zu wohnen.

Pierre sah mich an, »würde mir auch Spaß machen«,

und ich nickte, ja, schön hier, sehr schön, aber so was bekomme man wohl kaum mehr in dieser Gegend.

»Kein Problem«, sagte Mussak, »im Gegenteil.« Das Haus nebenan nämlich gehöre einem Kollegen, der nach Harvard gegangen sei und es verkaufen wolle. »Er hat mir die Schlüssel gegeben, ihr könnt es haben, dann wären wir Nachbarn«, alles zu Pierres Erheiterung, »wunderbar, fehlt nur noch das Geld«, was Robert Mussak ebenfalls unproblematisch nannte, denn die Banken seien einem veritablen Professor sicher gern zu Diensten, und Anschauen koste ja nichts.

Ein Irrtum in unserem Fall, denn das Haus, das wir später bei Sonnenuntergang doch noch zu sehen bekamen, forderte seinen Preis. Rot geklinkert, von Rosen und Rhododendron umwuchert, draußen die Heide und drinnen alles wie für Pierre und mich gemacht, nistete es sich in uns ein, hartnäckig, nicht wieder loszuwerden.

»Könntest du dich denn wohlfühlen dort in der Pampa?«, fragte Pierre, als wir in das schäbig möblierte Appartement am Hamburger Klosterstern zurückfuhren, unserem Quartier während der Wohnungssuche, »fändest du es nicht zu langweilig?« Was ich abwegig nannte angesichts der netten Mussaks in Rufweite, der Landschaft rundherum, der Ruhe zum Arbeiten, und im Übrigen nur ein Katzensprung bis zur Uni, dem Rundfunk, dem Theater und so weiter und so fort.

Er lachte, »Katzensprung ist gut. Aber in Göttingen haben wir ja auch nicht gerade neben dem Institut gewohnt, und außerdem bin ich bei Papa Lohring im Dorf aufgewachsen, mitten im Grünen. Mein Gott, dieses Haus, das wär's. Aber ohne einen Pfennig Eigenkapital?« Er nahm die Hand vom Steuer und legte sie auf meine, »tut mir leid. Deine Augen waren so groß dort auf der Terrasse.«

»Deine genauso«, sagte ich. »Dabei haben wir gestern noch nichts von diesem Kaff gewusst. Und was soll's, in Hamburg ist es doch auch schön.«

Vier Wochen später starb Papa Lohring. Im Mai war er sechsundneunzig geworden, ein geschrumpftes mäusegesichtiges Greislein inmitten der Geburtstagsgäste. Und bereits damals, bevor wir wieder ins Auto stiegen, hatte er Abschied von uns genommen, in feierlichem Ernst, jemand, der einig ist mit sich selbst.

»Sechsundneunzig Jahre sind genug«, sagte er mit seiner im Lauf der Zeit piepsig gewordenen Stimme. »Schon längst wäre es genug gewesen, aber nun ist die Stunde nicht mehr fern, und heute sehen wir uns wohl zum letzten Mal. Ich danke euch für alles. Ihr wart meine Freude, mein Trost und mein Stolz, du, lieber Kuckuckssohn und deine Nora. Ihr habt mich nie alleingelassen, das nehme ich mit ins Grab, und wenn man mich zur Ruhe legt, sollt ihr nicht weinen. Es war ein langes und gutes Leben, ich gehe ohne Furcht, und ich weiß, ihr werdet an mich denken.«

Bei den letzten Worten liefen ihm Tränen übers Gesicht. Er umarmte uns und winkte so lange, wie wir ihn sehen konnten, und später, auf dem Waldweg, blieben wir stehen und weinten zusammen, Pierre und ich.

Ob dies alles untergegangen ist während Pierres langem Schweigen? Unsere ganze gemeinsame Vergangenheit? Ob er sie sich zurückgeholt hätte, wenn ihm Zeit dafür geblieben wäre? Müßige Frage, und vielleicht war ja gar nichts abhandengekommen. Vielleicht wurzelte ihm genau wie mir der winkende Papa Lohring im Gedächtnis, sein immerwährendes Winken damals beim Abschied, das unvergängliche Bild. Er sei ohne Schmerzen gestorben, versicherte uns die Nachbarin, die bis zuletzt für ihn geputzt und gekocht hatte, ein friedliches Ende, im Schlaf wahrscheinlich, er habe gelächelt, als sie ihn fand.

»Gelächelt?«, fragte Pierre, »wirklich gelächelt?« Es war das zweite Mal, dass ich ihn weinen sah.

Zur Beerdigung versammelte sich das ganze Dorf auf dem Friedhof, darunter auch eine Großnichte, deren Augen beim Kaffeetrinken in Papa Lohrings guter Stube glitzerten, als ob die Tassen mit dem Veilchenmuster samt Haus und Hof schon ihr gehörten, nicht ganz grundlos, selbst uns gegenüber hatte er diese letzte noch lebende Blutsverwandte als Erbin bezeichnet. Eine kleine List möglicherweise, damit wir, an denen er hing, nicht auf seinen Tod warteten, oder auch nur, um sich die gierige Nichte vom Leibe zu halten. Nun saß sie da und glitzerte, bekam aber, wie sich zeigen sollte, weder das Veilchenservice noch irgendein anderes Stück, denn alles, das Anwesen, das Sparbuch, sogar die Äcker hinter dem Dorf, fiel an Pierre. Keine Reichtümer. Aber immerhin genug, dass mit Hilfe eines Bankkredits unser Traum Wirklichkeit werden konnte.

Der Sterntalersegen war, sosehr wir Papa Lohring betrauerten, sozusagen termingerecht über uns gekommen, im September 1975, kurz vor Beginn von Pierres erstem Semester in der ungewohnten professoralen Position, die, obwohl er das Institut bereits leitete, immer noch etwas Theaterhaftes an sich hatte. Ein Spektakel mit Bühnenbild und Kostümen, irreal wie diese ganze frühe Hamburger Phase in dem möblierten Appartement am Klosterstern, wo wir zwischen den fremden Spuren um uns herum seit Wochen das Ende dieser immer noch provisorischen Existenz herbeigewünscht hatten, vergeblich zunächst, sosehr ich mir auch die Füße wund lief bei der Suche nach einer Wohnung, die Pierres und meinen Vorstellungen entsprach, halbwegs zumindest. Möglichkeiten in dieser gehobenen Preisklasse gab es genug. Aber alles, was uns auf den ersten Blick gefiel, rutschte beim zweiten und dritten durchs Sieb, auch deshalb, weil sich regelmäßig das Einbeeker Haus dazwischendrängte, mit dem Blick über die Heide zum Horizont, und immer stand die Tür weit offen, so, als bestünde nach wie vor die Aussicht, dort einzuziehen.

Traumtänzereien, wie es anfangs schien. Von Robert Mussak wussten wir, dass es zwar noch keinen unterzeichneten Kaufvertrag gab, aber jemanden mit offenbar ernsthaftem Interesse an dem Haus, ein Typ allerdings, der das, was er unbedingt haben wollte, systematisch schlechtredete, um den Preis zu drücken. Heute die Bausubstanz, morgen den Grundriss, die Heizung, die Farbe der Fliesen, dann noch Einbeek mit seiner mangelhaften Infrastruktur, und da sich außer ihm anscheinend kein Mensch für das Objekt erwärmen lasse, sei ja wohl Kulanz angezeigt.

Eine Nervensäge zweifellos. Und so was solle womöglich sein Nachbar werden, hatte Robert Mussak geklagt. Und ob wir, Pierre und ich, falls der Besitzer im fernen Amerika eventuell noch um ein paar Tausender herunterginge, uns nicht doch zum Kauf entschließen könnten, »die Lohrings und Mussaks Zaun an Zaun, das wäre optimal«.

Optimal, durchaus, aber immer noch unerschwinglich. Sinnlos, überhaupt davon zu reden, die Suche ging weiter.

»Scheißspiel«, sagte Pierre, als schon wieder eine Besichtigung ins Leere zu laufen drohte. »Die wievielte ist das jetzt? Die zehnte, die fünfzigste? Ich habe es satt, hinter Wohnungen herzurennen, was spricht eigentlich gegen diese hier?«, und ja, es stimmte. Wir hatten uns für die Stadt entschieden, für die Nähe von Universität und Funkhaus, das vibrierende Zentrum, Theater, Konzerte, die Sommerabende am Wasser, warum also nicht der relativ besten Lösung den Zuschlag geben. Eine Altbauetage mit großer, quadratischer Diele, nicht weit von der Alster, günstige Lage, viel Grün vor und hinter dem Haus, fast perfekt also, nur der Mietvertrag musste noch unterschrieben werden. Und dann, mitten hinein ins Pro und Contra, platzte das Einschreiben vom Klever Nachlassgericht.

Wir hatten beim Frühstück gesessen, als der Briefträger kam: Papa Lohrings Testament, und da standen wir, unfähig fürs Erste, die Bedeutung der ziselierten Formeln und Paragraphen zu begreifen, doch schon beim nächsten Atemzug ganz und gar einig in dem, was wir wünschten und wollten, ein Gleichklang ohne Worte, wie manchmal bei uns, wenn das Ich und das Du sich ineinander auflösten.

Dann aber lief alles Weitere wie von selbst, die Verhandlungen mit der Bank, der Erwerb des Hauses, auch die aufwändige, viel zu teure Renovierung, und jeder Schritt war der richtige, bis zum endgültigen Umzug von Göttingen nach Norddeutschland im Januar.

Die flüchtigen Momente des Glücks. Ich denke an den ersten Abend in Einbeek, zwischen kahlen Wänden, leeren Schränken und dem Sammelsurium unseres früheren Lebens. Wir waren am Nachmittag angekommen, fast gleichzeitig mit den Spediteuren, hatten das Nötigste ausgepackt, die Betten hergerichtet, auch noch die Küche, halbwegs zumindest, und uns danach nebenan von Renate Mussak mit einer ihrer Spezialitäten überraschen lassen: grüne Heringe, in reichlich Speck goldgelb gebraten. Kopf an Kopf, zwischen Zwiebelringe und Petersilie gebettet, lagen sie da und starrten so verloren vor sich hin, dass ich nur mühsam wenigstens ein Exemplar herunterbrachte.

»Schmeckt es dir nicht?«, erkundigte sich Renate besorgt, und weil mir nichts anderes einfiel, sagte ich: »Die sehen so traurig aus.«

»Ach ja?« Sie beugte sich über die noch halbvolle Platte. »Man merkt, dass du kein Kind der Küste bist. Unsereins kommt gar nicht erst auf solche Gedanken. Tut mir leid, nächstes Mal gibt es etwas Italienisches.«

Robert hob sein Glas, »garantiert ohne Köpfe, dafür werde ich sorgen. Und nun noch einmal auf gute Nachbarschaft. Schön, dass es endlich geklappt hat mit uns.«

»Sehr schön«, sagte Pierre. »Wunderbar im wahrsten Sinne des Wortes, ihr wisst es ja. Und gebt mir noch einen von euren traurigen Heringen. Hoffen wir, dass ihre Seelen glücklich sind dort oben auf Wolke sieben. Oder klingt das zu blasphemisch?«, worauf Robert mit den Schultern zuckte, »warum eigentlich? Der Himmel ist doch für alle da, und Franz von Assisi hat bestimmt ein gutes Wort für sie eingelegt. Apropos eingelegt: Renates Matjes in Sahne müsst ihr auch mal probieren. Aber die gibt's leider nur im Frühjahr.«

Es war spät, als wir von Mussaks zurückkamen. Im Wohnzimmer brannten die beiden Stehlampen, warmes Licht, das die Ecken und Kanten des Umzugs milderte, während draußen vor der Terrassentür die Nacht hing, so schwarz wie an keinem anderen Ort, den ich kannte, vielleicht, weil es hier an der Rückseite des Hauses, wo das Dorf sich im Sand verlief, keine Straßenbeleuchtung gab, keine Autoscheinwerfer und glitzernden Neonreklamen, nur die Nacht über der Heide, sonst nichts. Die Möbelpacker waren verschwunden, Stille nach dem lauten Tag und wir beide allein in dem Chaos, aus dem etwas entstehen sollte, etwas Neues, das uns gehörte und zurückblieb, wenn wir irgendwann den Schlüssel abgeben mussten.

»Unser Haus, Pierre«, sagte ich überwältigt, und er nahm mich in die Arme, »ja, deins und meins, jetzt können Kinder kommen«, und der Moment zerbrach.

Kinder, der wunde Punkt über Jahre hin. Anfangs war es Pierre gewesen, der aus Angst, die hungrige Brut könnte ihn von der Forschung zur Industrie treiben, nichts von einer kleinen Laura oder Lisa hören mochte. Dann jedoch, die Professur in der Tasche, hatte er wieder von einer »richtigen Familie« angefangen, »ein großer Tisch mit einer richtigen Familie drum herum«, leuchtenden Auges, und verblüfft zur Kenntnis nehmen müssen, wie nunmehr ich meine gemalten Damen dagegen ins Feld führte, die Faszination, wenn ihre Gesichter sich in Geschichten verwandelten, die Spannung beim Schreiben, die wachsende Anerkennung, auch finanziell, das Reizwort in dem schwelenden Konflikt.

Ob es sich von seinem Gehalt etwa nicht anständig leben ließe, hatte Pierre schon seit längerem polemisiert, und nun, am Umzugsabend, brach es wieder aus ihm heraus. Wir hätten Platz, wir hätten Geld, und niemand beabsichtige, mir meinen Spaß am Schreibtisch zu verderben, warum denn, wo ich doch reichlich Hilfskräfte bezahlen könne von den Honoraren. Beneidenswert geradezu im Vergleich mit anderen Frauen, die ebenfalls Kinder und Beruf unter einen Hut zu bringen hätten. Das dürfte mir wohl klar sein, warum also das Theater.

In seiner Stimme schien ein kleiner mokanter Unterton zu lauern, fast wie früher bei »Noras Spielchen«. Ich dachte an die neue Sendereihe, für die unter dem Titel »Geschichten im goldenen Rahmen« neben den Londoner Ladys nun auch Portraits aus anderen europäischen Museen zum Zuge kommen sollten. Ein aufwendiges, in die Zukunft hinein geplantes Projekt, das Reisen nach Wien, Amsterdam, Paris, Madrid, Florenz erforderte, umfangreiche Recherchen und Zeit natürlich, viel Zeit, die sich aber vielleicht über kurz oder lang, weil nun tatsächlich der Fernsehvertrag ins Haus stand, zu einem lukrativen Wertpapier entwickeln könnte.

Damals im Juli, nach den Verhandlungen mit der Universität und dem NDR, hatte Pierre die Gläser gefüllt, um unseren gemeinsamen Erfolg zu feiern. Kaum zu fassen, wie leichthin er mich heute daraus entfernen wollte, und müßig, ihm schon wieder vorzubeten, dass der sogenannte Spaß am Schreibtisch identisch sei mit sehr viel Arbeit und für mich genauso wichtig wie ihm die Physik. Wichtig und unteilbar, und auch mein Kind würde ich ganz haben wollen, nicht nur den Rest, den irgendwelche Hilfskräfte übrig ließen, und es solle eine ganze Mutter haben in seinen ersten Jahren, keine halbe, selbst wenn man das kleinkariert nenne und jenseits vom Trend.

»Ich nicht.« Pierres Stimme klang beinahe feierlich. »Im Gegenteil, ich fände es großartig, und du würdest beides ganz wunderbar hinkriegen, und nun mach endlich mit der Pille Schluss«, worauf ich »nein« rief, »nein, ich will weder das eine noch das andere zerstückeln, hier ein bisschen Arbeit, da ein bisschen Kind, begreif es doch«.

Pierre stand auf, er ging zur Terrassentür und drückte das Gesicht gegen die Scheibe, fünf Minuten oder zehn, die Zeit stand still. Dann drehte er sich um, »was heißt schon begreifen. Ich verstehe dich, doch, sehr gut sogar. Nur ist es so, dass auch ich meine Wünsche habe, Kinder am Tisch, zwei oder drei, mit Augen von dir und mir, und wir beide in jeder Pore von ihnen. Deine Wünsche, meine Wünsche, zwei Paar Schuhe, schade. Aber Schluss damit, es eilt ja nicht, du bist knapp über dreißig, wir können noch warten, und dies ist unser erster Abend hier.«

Der erste Abend in dem Einbeeker Haus, der erste Streit, einer, der aufflackerte und wieder in sich zusammenfiel wie so mancher davor und danach. Möglich indessen, dass es der Anfang vom Ende war.

Nein, falsch, ich verfange mich im Gestrüpp der Vergangenheit, warum jetzt schon vom Ende reden. Zehn Jahre liegen noch zwischen diesem ersten Abend in Einbeek und dem Unfall, zu dem der Neubeginn schließlich führte.

Nun jedoch, nach dem langen Koma, schien die Erstarrung sich zu lösen, und ich, voll falscher Hoffnungen, hatte das blaue Geschirr bereitgestellt, blaue Kerzen und Wein aus dem Roussillon, alles viel zu früh und vergeblich. »Aber der Tisch«, soufflierte mir das verquere Hochgefühl, das seit meinem Tiefschlaf im Schwesternzimmer die Welt rundherum zum Glänzen brachte, »unser Tisch, Pierre, soll für dich gedeckt sein, jeden Tag, bis du wieder hier bist, und dann, doch, ganz bestimmt, dann fangen wir beide noch einmal von vorn an.«

Mein Tanz auf den Wolken, Moorwedes Mixtur.

»Um Himmels willen«, wird er später sagen, zu seiner Rechtfertigung, »wie soll man denn ahnen, dass jemand derart extrem auf solch harmloses Zeug reagiert.« Ein medizinischer Fehlgriff also, dieses künstliche Glück, ein Zufallsprodukt, nichts davon übrig geblieben, und trotzdem war es schön.

Am nächsten Morgen weckte mich das Telefon, ein Anruf der Stationsschwester mit der Order, dass Pierre die nächsten beiden Tage nicht gestört werden dürfe. Schwierige Tests, absolut notwendig, Töne, als wollte man lästige Besucher verscheuchen. Und dennoch fand ich es angenehm, einmal wieder in Ruhe frühstücken zu können, bei Radiomusik und dem Dorfklatsch von Frau Hannewald, die Haus, Garten und Wäsche in Ordnung hielt, mir aber seit dem Unfall fast nur noch in Form kleiner weißer Zettel begegnet war, mit Botschaften wie »bitte Geld für Waschpulver und die teure Möbelpolitur hinlegen« und »die Spülmaschine rumpelt immer lauter« oder »Silke heiratet nun doch den jungen Jepsen«. Für den Fall indessen, dass ich wider Erwarten anwesend sein könnte, pflegte sie sich bei ihrer Ankunft mit donnerndem »Hallihallo« bemerkbar zu machen. Doch darauf wartete ich jetzt vergeblich. Frau Hannewald zeigte sich nicht.

»Kein Grund zur Sorge, neuerdings sehe ich sie meistens erst mittags«, sagte Renate Mussak, der einzige Mensch aus unserem früheren Leben, den ich auch in das kaputte hineingelassen hatte. Ein Glück besonders im Unglück, von dem noch niemand etwas ahnen konnte an jenem Sommertag, als wir trotz aller Unterschiede der jeweiligen Interessen sofort aufeinander zugegangen waren: ich mit meinen halbauthentischen Lady-Geschichten und Renate, eine promovierte Physikerin, die bald nach der Hochzeit alle eigenen beruflichen Pläne an den Nagel gehängt hatte, um sich von nun an neben dem Wohl der wachsenden Familie vor allem auch Roberts Karriere zu widmen.

Als seine private Assistentin durchforstete sie die einschlägigen Publikationen nach neuen Ideen und Erkenntnissen, machte Exzerpte, rechnete, archivierte, bereitete Referate und Veröffentlichungen für ihn vor, hatte jedoch, wenn mir angesichts dieser Tüchtigkeit Zweifel an der eigenen kamen, jedes Mal eindringlich erklärt, dass ich mit meinen Sendungen, abgesehen vom ideellen Wert, bestimmt mehr als sie zum allgemeinen Budget beitrage. Das Haus mit seinen An- und Umbauten, die Kreditzinsen, die Möbel, ganz zu schweigen von den Summen, die Pierre in seine speziellen Extras stecken könne – nein, absolut kein Grund für Komplexe. Auch er wisse sehr wohl, was er an mir habe, er liebe und bewundere mich, das sehe man auf den ersten Blick, und Kinder, also wirklich, was Kinder betreffe, da sei doch noch längst nicht aller Tage Abend.

So etwa klang es vor dem Unfall, wobei das mit den Kindern stets etwas Mehrstimmiges an sich gehabt hatte, eine Mischung aus Verständnis, Mitleid und Ungeduld, gut möglich, dass ich auch dadurch wieder ins Nachdenken geraten war. Ein Kind, dachte ich, nun ja, ganz schön vielleicht, warum eigentlich nicht, dachte es, wünschte es, hielt aber im nächsten Moment neue Zweifel dagegen. Aller Tage Abend, was sollte das, noch so viel Zeit bis zu diesem Punkt. Doch die Zeit war uns plötzlich abhandengekommen, und nun, am Morgen nach dem mutmaßlichen Wunder, saß Renate mit mir beim Frühstück und erkundigte sich, warum ich nicht wie gewohnt auf dem Weg nach Eppendorf sei.

Eine Frage, die ihr zustand. Monatelang hatte sie mir, bevor ich morgens zum Auto lief, Kaffee und frische Brötchen gebracht, abends dann, egal wie spät, wenigstens noch eine Suppe und sich zusätzlich die jeweiligen Variationen der immerwährenden Katastrophe angehört, ohne das übliche Geseire von Aufopferung und wie lange noch und man müsse auch mal an sich selber denken, mit dem andere mich einzudecken pflegten. Renate war nur da gewesen, stumm und aufmerksam, das tat gut.

Diesmal indessen begann sie, nach meinem vagen

»man wird ja wohl mal pausieren dürfen«, eine schlüssigere Auskunft zu fordern, »pausieren, wieso denn plötzlich? Was ist los, bist du krank?«

Ich stand auf, um in die Küche zu gehen, wusste aber nicht mehr, warum, kam zurück und setzte mich wieder.

»Was ist los?«, fragte sie noch einmal. »Geht es Pierre schlechter?«

»Er ist wach geworden«, sagte ich.

»Um Gottes willen.« Renate griff nach meiner Hand und fing laut an zu weinen, wie ein Kind, kaum zu beruhigen.

Die Erleichterung, dachte ich, die Spannung, die sich löst. Doch es war das Gegenteil, der Schock nämlich, weil sie etwas anderes erhofft hatte und befürchtete, unser Elend würde sich nun ins Unendliche ziehen. Aber das erfuhr ich erst später.

Professor Moorwede dagegen bemühte sich um Zuversicht. Eine Schwester hatte mich abgefangen und in sein Zimmer geführt, wo er mir anhand mehrerer Innenansichten von Pierres Kopf klarzumachen versuchte, wie deutlich die Schwellungen des Gehirns sich im Vergleich mit früheren Befunden zurückentwickelt hätten, sehr positiv, da gebe es für ihn keinen Zweifel, und auch die Sorge, der Schaden im Wirbelsäulenbereich könne dauernde Lähmungen verursachen, scheine sich nicht zu bestätigen. Die Physiotherapeuten seien ebenfalls dieser Meinung, alles in allem Anlass genug, einigermaßen getrost der Zukunft entgegenzublicken.

Er sprach sehr deutlich und präzise, druckreif geradezu, ganz so, als hätte er diese Passage auswendig gelernt.

»Bloß einigermaßen? Das klingt nicht besonders tröstlich«, sagte ich.

»Was erwarten Sie denn?«, fragte er, jetzt wieder in seinem gewohnten Tonfall. »Nach einem so langen Koma ist es eher viel und steigert sich vermutlich von Tag zu Tag. Die Artikulation wird bereits klarer, auch den Kreislauf konnten wir schon etwas stabilisieren, und er hat tatsächlich versucht, selbständig Flüssigkeit zu sich zu nehmen, etwas Tee, etwas Bouillon, sehr mühsam noch, aber der Schluckmechanismus scheint in Gang zu kommen. Sie werden es gleich sehen, und bitte nicht zu lange bei ihm bleiben, höchstens zwei Stunden, und morgen wieder eine Pause einlegen, unbedingt.«

Ich versuchte zu protestieren, »mein Mann braucht mich doch«, worauf Moorwede mir das Wort abschnitt, »Irrtum, Ihr Mann braucht vor allem Ruhe«, dann jedoch, als ich bereits zur Tür ging, auf ein ganz anderes Thema kam: »Sagen Sie bitte, Ihre Fernsehsendung gestern Abend …«

Jetzt war ich es, die ihn unterbrach, »gestern? Welche Sendung?«

»Die Dame mit dem Fächer«, sagte er. »Aus dem Louvre. Eine von Ihren Geschichten im goldenen Rahmen. Wurde Ihnen der Termin denn nicht mitgeteilt?«, und nein, keine Ahnung. Ich hatte weder meine Briefe geöffnet in der letzten Zeit noch das Programm verfolgt oder mit der Redaktion gesprochen. Auch nichts mehr geplant, nichts mehr geschrieben, gar nichts. Verödet, ja, so könnte man es nennen.

»Aber Sie erinnern sich doch hoffentlich an die Geschichte?«, fragte Moorwede. Es klang besorgt, was ich herunterzuspielen versuchte, die Dame mit dem Fächer, ja, natürlich, wieso nicht, ich sei nur ein wenig durch den Wind zurzeit und der Film eine Wiederholung, schon vor zwei Jahren zum ersten Mal gesendet, und wenn er etwas wissen wolle, bitte sehr.

»Nichts Besonderes«, sagte Moorwede, »wahrscheinlich nur das Gleiche wie viele andere auch, nämlich ob die Geschichte authentisch ist. Tochter aus gutem Haus, im Kloster erzogen, verliebt, verlobt, verheiratet, schließlich das frühe Ende im Kindbett, stimmt das so?«

In der Tat eine Allerweltsfrage, und sonderbar nur, dass Moorwede sie stellte und vielleicht genau wie simplere Gemüter auf ein Ja hoffte, ja, authentisch, was sonst. Ganz so, als ob es selbstverständlich wäre, dass die Wahrheit, immer die Wahrheit zum Zuge kommen müsse und nicht manchmal auch meine Phantasie, wenn sich, wie beispielsweise im Fall dieses Portraits, weder Auskünfte über die Familie finden ließen noch biographische Fixpunkte irgendwelcher Art, nichts davon greifbar in den Archiven, nur der Name des Malers und seine Zeit.

»Die Zeit mit ihren Normen und sozialen Geflechten,

von denen das Leben der Menschen quer durch die Jahrhunderte geprägt wurde«, sagte ich zu Moorwede und sah es wieder vor mir als ein großes Tableau: der Saal im Louvre, die immerwährende Vergangenheit an den Wänden, wie das Bildnis dieser Fächer-Dame, deren Augen zu sprechen begannen, und dann mein Schreibtisch, wo sich Worte daraus formten, Sätze, Dialoge, Lust, Angst und Tod. Die ganze Geschichte, erfunden und trotzdem wahr, »denn authentisch«, sagte ich, »was bedeutet das schon. Man muss an sie glauben können, eintauchen in diese Welt, sich heimisch fühlen, darauf kommt es an, nicht auf die Deckungsgleichheit mit irgendeiner Realität. Wunderbar natürlich, wenn es sie gibt und man auf Spuren stößt ...«

»Und wenn nicht«, fiel Moorwede mir ins Wort, »dann nehmen Sie die Sache in die Hand, geben dem gemalten Gesicht Identität, eine Familie, ein Schicksal und lassen es tanzen und sterben im Paris des achtzehnten Jahrhunderts. Alles so lebensprall, dass man es glaubt und sich einfangen lässt, glücklich, dabei sein zu dürfen. Großartig, wie Sie das machen.«

»Es sind die Bilder«, sagte ich. »Von Anfang an war das so, gleich auf den ersten Blick damals in einer Londoner Galerie. Sich einfangen lassen und glücklich sein. Ja, das ist es, was ich immer wieder spüre, genau das, trotz aller Schwierigkeiten. Oder wenigstens gespürt habe, früher.«

Moorwede kam zwei Schritte auf mich zu. »Nein, nicht nur früher. Sie haben es noch, seien Sie froh darüber. Ich wäre dankbar für so ein Glück.«

»Sie können Leben retten«, sagte ich. »Ist das etwa keins?«

Sein trauriges Lächeln. »Glück? Leben und Tod, das ist bei mir blutiger Ernst, da vergeht einem das Glück. Sie hingegen sollten es nicht einfach schleifen lassen. Halten Sie es fest.«

»Danke«, sagte ich, aber er schüttelte den Kopf, nein, es sei seine Sache, sich zu bedanken, weil ich ihm Einblicke in meine Arbeit geschenkt hätte, ein Geschenk direkt unter die Haut, und schade, dass wir nie in Ruhe miteinander reden könnten, immer dieser Zeitdruck, was ich bestätigte: »Ja, schade, aber vielleicht kommen wir noch mal dazu, dann, wenn Sie meinen Mann endlich nach Hause geschickt haben, gesund oder halbwegs gesund zumindest. Und dass Sie sich so sehr um ihn kümmern, ist mehr wert als sämtliche Geschichten im goldenen oder sonst welchem Rahmen.«

Er hob die Hände, »hören Sie auf. Mich zu kümmern ist meine Pflicht und alles darüber hinaus etwas ganz anderes, das wissen Sie doch«, eine Bemerkung, die ich nicht zu kommentieren brauchte, weil er von dem Piepser in seiner Tasche zu einem Notfall geholt wurde.

»Trotzdem danke«, versuchte ich draußen auf dem Flur noch hinter ihm herzurufen, umsonst, er war schon verschwunden, und erst später merkte ich, dass auch bei mir das Gespräch etwas hinterlassen hatte. Die Lust nämlich, nach den Monaten der Blockade mein brachliegendes Manuskript aus der Schublade zu holen, die Lust mitsamt der Gewissheit, diesmal damit fertig zu werden.

Eine neue Geschichte im goldenen Rahmen. Nicht gleich. Auch noch nicht übermorgen. Aber irgendwann, ja, irgendwann bestimmt. Pierre war aufgewacht. Er würde noch einmal sprechen lernen, leben lernen und mich nicht mehr nötig haben an seinem Lager.

Er lag auf dem Rücken, als ich zu ihm kam, schlafend, das Gesicht weit entfernt.

Ich beugte mich über ihn, »Pierre, hallo, Pierre.«

Keine Bewegung, kein Lid, das flatterte. Doch dann, als die Metallfüße des blauen Plastikstuhls über den Boden scharrten, öffneten sich die Augen, »Mama«, die Laute des kleinen Jungen, der seine Mutter sucht, »Mama«.

Die Hand auf der Bettdecke tastete ins Leere. Ich hielt sie fest, und mit einem staunenden »Nora« kehrte er in die Gegenwart zurück. Das Gesicht hatte sich verändert, auch die Stimme, die noch einmal »Nora« murmelte, mühsam von Buchstabe zu Buchstabe stolpernd, aber eine Spur stabiler als vorher, ohne die klagenden Zwischentöne. »Ja, du bist Nora, du lässt mich nicht allein«, und ich sagte, »niemals, Pierre, das weißt du doch«, und er schloss die Augen, er schlief schon wieder. Oder sah es nur so aus?

Von den genehmigten zwei Stunden war die Hälfte vergangen, geschenkte Zeit, in der ich mich nicht zu entfernen wagte, aus Angst, Pierre könnte noch einmal nach seiner Mutter rufen oder dem Kind womöglich, Annika, die ebenfalls verlassen worden war, weil der Vater, als er noch aufrecht ging, nicht wusste, wohin er gehörte, zu ihr oder zu mir, bis der Unfall ihm die Entscheidung abgenommen hatte.

Annika, seine vor mir lange geheim gehaltene Tochter, geboren in Berlin, weit weg von Hamburg, und ohne dass er die Möglichkeit ihrer Existenz zunächst auch nur erwogen hätte. Selbst der Name der Mutter war ihm entfallen nach der flüchtigen Kopulation bei einem Physikerkongress in Boston, wo aus dem kollegialen Schwatz am letzten Abend die Nacht im Hotelbett geworden war, mit einem Umweg über die Bar vermutlich, aber auch das wusste er offenbar nicht mehr genau.

Unnötig, sich vorzusehen, hatte sie ihm signalisiert, und ein Hohn geradezu, dass das Kind dieser kurzatmigen Affäre ausgerechnet im Dezember zur Welt kam, etwa zeitgleich mit meinem Entschluss, trotz des gerade erst unterschriebenen Vertrags für zwölf weitere »Geschichten im goldenen Rahmen« die Pille abzusetzen. Pierre zuliebe, wie ich mir einzureden versuchte. Aber es war nicht nur seinetwegen, dass ich die Arbeit am Schreibtisch links liegen ließ, damals, als die Sache mit Annika noch keinen Schatten warf und es um Laura ging, Pierres und meine Laura.

Seit dem Streit am ersten Abend in unserem Einbeeker Haus hatten wir das Thema Kind allenfalls am Rand gestreift, ich vorwiegend, um keine schlafenden Hunde zu wecken. Eine überflüssige Sorge freilich, so absorbiert, wie Pierre in den kommenden Hamburger Jahren war von der Arbeit in seinem Institut und dem, was das wachsende Renommee mit sich brachte: Projekte und Kongresse, Publikationen, Symposien, Vorträge, Reisen von hier nach dort und dort nach hier, kaum anzunehmen, dass inmitten dieser Hektik noch Platz für Gedanken an Kinder sein sollte.

Überhaupt schien sein Wunschbild einer zumindest vierköpfigen Familie mehr und mehr zu verblassen. »Eigentlich sind wir gut dran ohne diesen ganzen Stress«, sagte er eines Abends nach der Geburtstagsfeier bei Freunden, wo das Gespräch fast nur noch die Schwierigkeiten ratloser Eltern mit ihrem Nachwuchs umkreist hatte, »unsereins kann wenigstens ruhig schlafen«, worauf ich glaubte, dass die Kinderfrage nun endgültig aus der Welt sei.

Doch dann, ganz unversehens, hatte er wieder von einer kleinen Laura oder Lisa angefangen, vielleicht, weil zwei seiner Kollegen erneut Väter geworden waren und jeden Tag Neues aus dem Leben ihrer Winzlinge zu berichten wussten. Kleine zärtliche Geschichten, die er an mich weiterreichte, mit glänzenden Augen. Keine Frage, was in ihm vorging, und plötzlich, ohne lange Diskussionen mit mir selbst, wollte auch ich, achtunddreißig inzwischen, so ein kuscheliges, glucksendes Wesen haben, jetzt, möglichst bald.

Der Anstoß zu diesem Schritt über sämtliche Skrupel hinweg war von einer Fernsehredakteurin ausgegangen, mit der ich die ersten neuen Folgen meiner Serie durchgesprochen hatte. Eine Frau namens Barbara, so alt wie ich etwa, klug, zielstrebig und sensibel, immer ein Vergnügen, die Arbeit mit ihr. Diesmal allerdings war sie weniger als sonst bei der Sache, eher unkonzentriert, nicht ganz vorhanden, so kam es mir vor. Und dann, mitten im Satz, legte sie den Kugelschreiber aus der Hand und sah mich an: »Damit du Bescheid weißt, ich bekomme ein Kind.«

»Ach du je«, sagte ich.

Sie nickte, ja, genau das sei auch ihr erster Gedanke gewesen. Dabei habe sie das Kind gewollt, absolut, ein Wunschkind, für sie jedenfalls. Die Realität sehe nun freilich ziemlich anders aus als in der Wunschphase. Sie lebe mit einem Mann zusammen, der an das zweifache Gehalt gewöhnt sei und einige teure Hobbys pflege, und sie selbst hänge doch sehr an der Arbeit hier mit dem ganzen Drum und Dran, den Kollegen, den Autoren, der Entwicklung von Stoffen, wie wir beide es jetzt gerade machten. Ein Teil ihres Lebens, keine Frage. Aber dies alles müsse demnächst erst mal auf Eis gelegt werden, des Babys wegen, auch die Eigentumswohnung, die ihr Freund sich in den Kopf gesetzt habe, und der Segeltörn im nächsten Sommer, und ob er das problemlos verkrafte, wisse der Himmel. »Und trotzdem« – sie hob den Kopf und lächelte –, »trotzdem, mich freut es unsäglich. Ich werde demnächst einundvierzig, wunderbar, dieses Kind noch ganz zum Schluss, das erste und letzte. Ich werde es päppeln und knuddeln und zum Lachen bringen und trösten, wenn es weint, und versuchen, einen Menschen aus ihm zu machen. Und irgendwas wird von mir übrig bleiben.«

Päppeln und knuddeln und trösten, das täte ich auch gern, sagte ich beim Abendessen und war bereit, dafür die Pille abzusetzen, was Pierre in Jubel ausbrechen ließ, »ein Kind, ein Kind, wir kriegen ein Kind«, so siegesgewiss, als müsste ihm der schon fast verloren gegangene Traum nun ohne Wenn und Aber erfüllt werden.

Vögel, die morgens singen, holt abends die Katz, pflegte meine Mutter solchem Fürwitz entgegenzuhalten, einer ihrer Unkenrufe, mit denen sie meine Entscheidungen belauerte und bremste, noch über das Grab hinaus.

Jetzt allerdings vernahm ich nichts davon, keine Spur des warnenden Gemurmels, so zufrieden, wie ich mich fühlte am Beginn unseres Nestbaus um die dunkelgebeizte altfriesische Wiege herum, die Pierre in seiner Begeisterung sogleich erstanden und mit fünfzig Seidenblumen in den Farben des Frühlings gefüllt hatte, Narzissen, Veilchen, Fresien, Vergissmeinnicht, eine pro Woche bis zur Geburt des noch zu zeugenden Kindes, reichlich bemessen, wie er meinte, denn seine Tochter werde sich beeilen. Eine fixe Deern, die kleine Laura, höchstens zehn Monate von nun an, mehr brauche die nicht.

Ich lachte, es war ein Spiel, und vielleicht stimmte es ja, was sprach dagegen. Und so stand die Wiege mit ihren rosa Kissen, Decken und dem gerüschten Himmel bald darauf in dem gleichfarbig tapezierten Kinderzimmer, unserem rosaroten Wolkenkuckucksheim, wie die offenbar besorgte Renate Mussak spöttelte. Wir sollten, sagte sie, die Tür vorerst noch verschlossen halten, der redseligen Frau Hannewald wegen. Die Leute im Dorf seien abergläubisch, man würde sich die Mäuler zerreißen über solche Pracht für ein bisher nur verbal vorhandenes Baby, worauf mein flockiges »egal, Hauptsache, es macht ihnen Spaß« keineswegs der momentanen Seelenlage entsprach. Denn eines Tages war sie wieder da, die Angst vor der Katz.

Blödsinn, nannte es Pierre und half mir über die neuen Zweifel hinweg, bis am Ende des ersten Wartemonats pünktlich wie eh und je die fällige Blutung einsetzte. Vier Wochen später passierte das Gleiche, ein Schock für mich, während Pierre, der sich auf einem Symposium in London befand, von meinem Anruf eher erheitert schien, »nur kein Stress, Laura wartet bestimmt darauf, dass die Sterne günstig stehen. Ein kluges Kind, lass ihr Zeit, vielleicht haben wir Mittwoch die perfekte Konstellation.«

Mittwoch, der Tag seines Rückflugs. Ich stand in der Ankunftshalle und sah ihn durch die Schwingtür treten, den Koffer in der einen Hand, Blumen in der anderen, mit denen winkte er mir zu. Zwischen den Blüten steckten zwei winzige rote Schuhe, für Laura. Fast immer brachte er ihr etwas mit, ein Höschen, ein Hütchen, ein Blüschen, denn natürlich sei sie eitel, was sonst, und auch die Schuhe würden ihr bestimmt gefallen. Der Strauß stand neben unserem Bett bei dem neuerlichen Versuch, sie ins Leben zu holen, »und heute«, sagte

Pierre, nachdem die Erde gebebt hatte und wir ineinander zur Ruhe kamen, »heute ist ihr Tag, heute fängt es an, hundertprozentig, da bin ich ganz sicher.«

Das war im Juli und genauso vergeblich wie davor und danach. Und trotzdem schön, diese Spanne des Wartens und Hoffens, mit Laura immer neben uns, der Tochter, die zwar einen Namen besaß, Höschen, Hütchen, rote Schuhe, aber absolut keine Gestalt annehmen wollte, während Annika, das Zufallskind, sich damals in Boston sogleich bei ihrer Mutter eingenistet hatte und der Phase des Brabbelns und Krabbelns längst entwachsen war. Gut, dass wir noch immer nichts davon wussten, er nicht, ich nicht, eine Gnadenfrist, schon fast abgelaufen.

Pierre erfuhr es bereits im Mai des übernächsten Jahres, als die Frau, an die er sich kaum noch erinnerte, ihm telefonisch eröffnete, dass er eine Tochter habe, Annika, siebzehn Monate bereits, deren Existenz ihm eigentlich verborgen bleiben sollte. Doch nun, da die Kleine anfange, jeden fremden Mann Papa zu nennen, dürfte man ihr den eigenen Vater wohl kaum länger vorenthalten.

Eine knappe Mitteilung, schnörkellos, ohne jedes Sentiment, friss Vogel oder stirb. Und als Pierre sagte, dass er seinen finanziellen Verpflichtungen selbstverständlich nachkommen werde, erklärte sie ihm, nicht von Geld geredet zu haben, sondern von einem Vater für ihre und seine Tochter, die ihm im Übrigen ungemein ähnlich sehe.

Eine Tochter also, keine Laura zwar, aber immerhin

sein kleines Mädchen, und möglich, dass diese Sache weit weniger ausgeufert wäre, wenn Pierre sie zu unserer gemacht hätte, zu seiner und meiner, von Anfang an. Aber nein, nichts davon. Alles lief weiter wie gewohnt, mit der Fülle von Fürsorge und Zärtlichkeit, und wie er mich in den Kokon seiner Liebe wickelte und mit mir schlief und das Laura-Spielchen spielte. Und wäre tatsächlich ein Kind daraus geworden, würde er es wohl immer noch spielen, ohne ein Wort über Annika in Berlin, zu der er sofort nach dem Telefonat geflogen war, Annika, die Tochter mit den provencalischen Augen und der bräunlichen Haut, sein Ebenbild.

Liebe auf den ersten Blick von beiden Seiten. »Papa«, rief sie, wenn er kam, was von nun an immer öfter geschah, nicht von Belang angesichts meiner Ahnungslosigkeit, er fuhr ständig kreuz und quer durch die Welt, warum nicht nach Berlin. Annika hüpfte ihm entgegen, »mein Papa ist da«, und er warf sie in die Luft und brachte sie zu Bett, »und wenn du dein Kind weiterhin sehen willst«, verfügte die Mutter, »dann bleib bis zum Morgen, sonst lohnt es sich nicht«.

Also schlief er bei der fremden Frau, nicht mit oder neben ihr, sondern nur in Annikas Nähe, und kein Grund zum Misstrauen, schließlich befände er sich durchaus nicht im sexuellen Notstand, und diesem Kind, vielleicht sogar seinem einzigen, könnte man wohl ein paar Rechte zugestehen.

So jedenfalls klang es bei der großen Beichte, nachdem die Berliner Tochter auch in mein Leben katapultiert worden war, direkt hinein in das endlose Warten auf Laura, deren Verweigerung selbst ein mit Problemen solcher Art vertrauter Gynäkologe mir nicht zu erklären vermochte. Ich hatte ihn zwar auf Pierres Drängen, zunächst jedoch ohne sein Wissen konsultiert, aus Angst vor der Diagnose, aber auch, weil ich fand, dass dies alles erst einmal nur mich selbst etwas angehe. Und nun, nach der Untersuchung, lächelte der freundliche, im Umgang mit aufgeregten Frauen offenbar geübte Doktor beruhigend, nein, kein Anlass zur Besorgnis, die Organe ohne Befund, auch die Laborwerte alle im normalen Bereich, medizinischer Handlungsbedarf also momentan vorerst nicht gegeben. Mit fast vierzig indessen, dies sei zu bedenken, lasse die Empfängnisbereitschaft deutlich nach, abgesehen von der Tatsache, dass neunzehn Monate vergeblicher Bemühungen um eine Schwangerschaft nur wenig besagten. Manche Patientinnen warteten jahrelang auf den gewünschten Erfolg, da müsse man letztendlich doch den Griff zur Hormontherapie erwägen, eventuell auch eine In-vitro-Fertilisation, aber dies nur im äußersten Fall, und ob eigentlich das Zeugungsvermögen meines Mannes schon überprüft worden sei? Absolut notwendig, eine solche Maßnahme, denn der Grund für unsere Schwierigkeiten könne ja ebenso gut bei ihm liegen.

»Mein Mann? Wieso mein Mann?«, rief ich, erschrocken über einen solchen Verdacht, den im Übrigen auch Renate Mussak schon geäußert hatte, ebenfalls zu meinem Missbehagen. Überhaupt ging mir diese ganze Reproduktionsmedizin gegen den Strich. Ich wollte kein Votum abgeben in puncto Sein oder Nichtsein.

Mein Kind sollte zur Welt kommen, weil sich Sperma und Eizelle in einem günstigen Moment aufeinander zubewegt hatten, spontan, nicht unter dem Diktat von Hormonen, künstlicher Befruchtung oder was es sonst noch gab, um ein Leben auf den Weg zu bringen, das, wer konnte es wissen, vielleicht besser im Dunkeln geblieben wäre angesichts dessen, was dort draußen wartete.

»Wieso mein Mann?«, rief ich also, worauf der Herr über diese Dinge in Verkennung meiner Motive ein etwas spöttisches »Wieso er nicht?« dagegenhielt. »Wäre es denn ein Makel in Ihren oder seinen Augen, diese kleine Fehlleistung der Biologie? Träge oder unergiebige Spermien haben weder etwas mit Impotenz zu tun, noch sind sie ein Verhängnis in unserer verhütungsfreudigen Zeit, kein größeres zumindest als die Unfruchtbarkeit einer Frau. Versuchen Sie, Ihren Mann davon zu überzeugen. Kann sein, dass eine Untersuchung seines Spermas die Probleme löst.«

Aber im Gegenteil: An die Stelle des Laura-Phantoms trat Annika, das allgegenwärtige lebende Problem. Meine Schuld, ich hätte schweigen sollen dort auf der Bank in der Heide, statt die Wahrheit ans Licht zu zerren. Doch keine innere oder äußere Stimme hatte mir gesagt, welches Netz zerreißen würde bei dem Zweifel an Pierres intakter Männlichkeit und dass es sich im Schutz der Lüge besser hätte weiterleben lassen.

Da lag er nun im angeblich heilsamen Schlaf nach dem Koma, »und warum, Pierre«, fragte ich, während mir die Bilder des Drehpunkts unserer Ehe durch den Kopf kreisten, »warum in aller Welt konnte deine Tochter nicht zur Chance für uns beide werden statt zur Katastrophe, warum?«

Müßig, immer das Gleiche, ich wusste doch, es gab keine Antworten mehr, und eigentlich waren sie auch nicht mehr wichtig.

Was den Drehpunkt anbelangt, diesen alles verändernden Schritt von der Lüge zur Wahrheit, so hatte ich ihn schon bald nach dem Termin beim Gynäkologen herbeigeredet, draußen auf der Heide, die um diese Stunde genauso zu leuchten schien wie an jenem ersten Tag auf Mussaks Terrasse, als wir uns von dem Rot und Grün dieser Landschaft einfangen ließen. »Schön«, höre ich den Pierre von damals sagen, »sehr schön.« Ich nicke, ich sehe ihn an, jeder weiß, was der andere denkt, ja, so ist es gewesen.

Und jetzt war wieder Sommer, unser sechster seit dem Umzug nach Einbeek, gute Jahre alles in allem, bis Pierre gegen Ende der Laura-Euphorie begonnen hatte, das Schwangerschaftsdebakel mir anzulasten, einer Frau, der ihre Ladys in Öl wichtiger gewesen seien als lebendige Kinder am Tisch, Wunschkinder, zwei am liebsten, jene kleinen, von der Mutter verhinderten Mädchen, die nun im Lauf der Schuldzuweisungen ihre klagenden Stimmen erhoben und inzwischen, wie Pierre meinte, schon zur Schule gehen könnten, und nicht verwunderlich, wenn mein Organismus nach andauerndem Beschuss mit der Pille schließlich streikte, »und ganz bestimmt bist du nicht der einzige Fall in Hamburg, also geh zum Gynäkologen, solche Fehlentwicklungen müssten sich doch normalisieren lassen.«

»Und wenn nicht?«, fragte ich, »würdest du mich dann verstoßen?«, worauf er mich in die Arme nahm, »Unsinn, das weißt du doch«, und wir uns weiter um die störrische Laura bemühten, jeder unter dem Druck seiner speziellen Befindlichkeiten. Er flog ja schon nach Berlin in dieser Zeit, hin- und hergezerrt zwischen der Liebe zu Annika und den Appellen des Gewissens, während ich, nach wie vor bar jeglichen Misstrauens, weiterhin hoffte, den verfliegenden Monaten doch noch ein Kind abzuringen, mehr und mehr unter wachsendem Widerwillen gegen die zwanghafte Prozedur, und nein, Pierre, selbst wenn du glaubtest, dass eine zweite Tochter dich aus dem Sog der ersten hätte lösen können – nein, selbst dann darf man nicht nur mir die Schuld geben an unserem Unglück. Ich weiß, jetzt bist du krank und kaputt. Aber das ist kein Freispruch.

Juli also, die Stunde der Wahrheit. Wir waren nach dem Mittagessen zu der Bank auf dem kleinen Hügel in unserer Nähe gegangen, von wo aus man die Umrisse der Wilseder Berge am südlichen Horizont sehen konnte. Schön, dort oben zu sitzen, wenn der warme Wind durchs Haar strich und nichts die Stille störte, kein

Kindergeschrei, keine plappernden Touristen, vielleicht auch, weil die Wege hierhin fast zugewuchert waren, Bauernwald, um den sich niemand mehr kümmerte, seitdem die Holzpreise verfielen.

Die Bank, hatte ich gedacht, wäre der richtige Platz für die schon längst fällige Aussprache, in Ruhe, ohne Angst, zu verletzen oder verletzt zu werden. Doch nun, als wir zusammen in den flimmernden Nachmittag starrten, klammerte ich mich doch wieder nur an Nebensächlichkeiten, statt aufs Wesentliche zu kommen, die Forderung des Gynäkologen nämlich und dann, noch wichtiger, das Elend der Lauramanie, unter deren Diktat alles zu veröden drohte, was Pierre und mich aneinander band, auch die Rituale der Liebe. Wir hatten so viele Namen dafür gehabt, übliche, neu erfundene, zärtliche, freche, obszöne, und jede Silbe nur ihm und mir gehörig. Unser geheimes Spiel, das nun eine Pflichtübung geworden war, vor der mir zu grausen begann.

»Lass uns Schluss machen mit der Quälerei«, hatte ich sagen wollen. »Lass uns wieder wie früher zusammen schlafen, unseretwegen und nicht wegen eines Kindes, das nur in der Phantasie existiert. Ich will dich, vor allem dich, egal, ob Laura kommt oder nicht und woran oder an wem es liegen mag. Irgendetwas ist passiert, ich weiß nicht was, aber wir müssen es aussprechen und Klarheit schaffen, bevor das Schlimme noch schlimmer wird.«

Ja, so hatte ich es mir zurechtgelegt, so ähnlich zumindest, Punkt für Punkt, eine Strategie der kleinen behutsamen Schritte. Aber mein Versuch, das Gespräch in diese Richtung zu lenken, lief ins Leere, denn schon nach den ersten Sätzen hob er die Hände, »hör auf, dir Geschichten über uns auszudenken. Wir stehen unter Druck, es bringt nichts, darin herumzubohren«, und dann wieder: »Geh endlich zum Gynäkologen, damit wir Nägel mit Köpfen machen können.«

Nägel mit Köpfen, grässlich in diesem Zusammenhang, und so vergaß ich die kleinen Schritte und sagte, dass ich bereits dort gewesen sei, ja, klammheimlich, wenn er es so nennen wolle, und alles in Ordnung zum Glück, jedenfalls soweit es mich betreffe.

Sein verblüfftes Gesicht, »das kann doch nicht wahr sein, es muss doch Gründe geben für die Blockade, eine präzise Diagnose und irgendwelche Therapien. Was ist das denn für ein Arzt? Was schlägt er vor? Gar nichts etwa?«

»Doch, dies und jenes«, sagte ich, und dann, jegliche Behutsamkeit hinter mir lassend, »vor allem, dass erst mal du gründlich untersucht werden solltest.«

»Warum?« Pierre kniff die Augen zusammen, wie immer, wenn ihm etwas nicht plausibel schien, »warum denn ich?«

»Dein Sperma«, sagte ich, »weil die Ursache für das Malheur ebenso gut bei dir liegen könnte«, worauf er, ohne nachzudenken, »bei mir ganz bestimmt nicht« rief, »nein, nicht an mir, ich habe ja schon eine Tochter«, und das war es.

Herausgerutscht, nannte er es später, als ich ihm Lug und Betrug vorwarf, einfach herausgerutscht, gegen jede Absicht. Seine Absicht sei gewesen, Annikas Existenz vor mir geheim zu halten, unbedingt, um jeden Preis. Ein Albtraum für ihn, dass es zum Streitobjekt gemacht werden könnte, dieses kleine zarte Wesen, ein Kind des Zufalls zwar, aber ohne Frage seine Tochter, die einen Vater haben sollte, der, wenn er verschwand, auch immer wiederkam, so zuverlässig, wie Kinder es brauchten, und mit Lüge und Wahrheit habe so ein Verhalten in seinen Augen nur sehr bedingt etwas zu tun.

Herausgerutscht also, sagte er, als ich nach Wochen des Zorns und der wechselseitigen Vorwürfe bereit war, mir die Geschichte halbwegs gefasst anzuhören, und danach mit ihm noch erörterte, auf welche Weise sich seine Vaterschaft ins Raster der nunmehr neu geordneten Verhältnisse einfügen ließe. Debatten, immer im Kreis herum, und im Mittelpunkt die zweimal pro Monat fälligen Berliner Wochenenden unter der Fuchtel einer Frau, die im Vollgefühl ihres amtlich zementierten Sorgerechts jeglichen Kompromiss verweigerte, wogegen ich Pierres ominöse Zweitfamilie so selbstverständlich hinnehmen sollte wie den Wind in den Bäumen.

»Unsinn, Familie, es ist nur ein Kind«, sagte er, für das diese Frau, konterte ich, über kurz oder lang noch ein Brüderchen oder Schwesterchen fordern würde, und Widerstand zwecklos, sie habe ja ihre Geisel. Für Pierre eine Unterstellung, sogar dann noch, als seine Bitte, Annika gelegentlich in unser Einbeeker Haus mitnehmen zu dürfen, rigoros zurückgewiesen wurde, verständlicherweise, wie er fand, was mich wiederum rasend machte. Die Idee nämlich hatte ich ihm eingeflüstert, eine vage Hoffnung, etwas von seiner Annika könnte vielleicht irgendwann auch mir gehören, lächerlich bei dieser Mutter. Sie wollte weiter Vater-Mutter-Kind spielen, mit meinem Mann, nein, kein Platz für mich, keine Lösung in Sicht, und so kam es, dass ich schließlich von Pierre verlangte, sich zu entscheiden, sofort, ohne weitere Bedenkzeit, hier und jetzt.

Ich weiß noch, wie er vor mir stand an diesem Abend, bleich, zusammengesunken, mit einer Stimme von irgendwoher, die »Annika?« murmelte, »Annika fallenlassen? Aber wie denn, sie ist doch noch so klein.« Und weil er es nicht wollte, nicht konnte, nicht übers Herz brachte, trennten wir uns und fuhren davon: Pierre noch in dieser Nacht, Richtung Berlin vermutlich, ich am nächsten Morgen nach Niebüll an der friesischen Küste und von dort über den Eisenbahndamm zur Insel Sylt, wo Mussaks Keitumer Ferienhaus stand, unter dessen Reetdach Pierre und ich schon manchmal gewohnt hatten.

Ein eisiger, stürmisch verdämmernder Januartag, Windstärke sieben bei Flut, genau wie vorausgesagt. Ich saß in meinem Renault, der Wind jaulte und pfiff, und während der vollbeladene Autozug sich über die Gleise quälte, kroch mir die Kälte unter die Haut. Bei der hastigen Abreise hatte ich keine Decke mitgenommen, nichts Warmes für die Füße und Hände, so, als ob es in die Toskana ginge. Doch nun brachen sich rechts und links die Wellen, und zu der Kälte kam die Angst, dass sie mich herunterholen könnten von dem Waggon, auf dem ich quer durch die Nordsee rollte, trotz Renates Rat, auf besseres Wetter zu warten, mit dem Wasser ließe sich nicht spaßen.

Sie hatte allein im Wohnzimmer gesessen, als ich gekommen war, um den Schlüssel für das Keitumer Haus zu holen, spätabends, nach den letzten vergeblichen Diskussionen mit Pierre, von denen sie so wenig ahnte wie von dem ganzen Annika-Problem. Man könne sich nicht immer nach dem Wetter richten, hatte ich versucht auszuweichen, worauf Renate mit den Schultern zuckte, bitte, von ihr aus, das Haus jedenfalls stehe leer bis Ende Januar. Danach freilich würde sie ebenfalls gern eine Urlaubswoche dort verbringen, ohne Robert, der Vorträge in der Schweiz zu halten habe um diese Zeit, in Zürich, Bern, Fribourg, Lausanne, die Zwillinge seien ja nun wirklich alt genug, um ohne ihre Mutter fertigzuwerden.

»Na endlich«, sagte ich, erfreut über diese längst fällige Erkenntnis, »und wenn du möchtest, bleibe ich auch noch etwas länger da. Wir beide mal ein paar Tage ungestört, das wäre doch schön.«

Sie sah mich erstaunt an, »ich denke, du willst arbeiten?«, denn damit hatte ich das Sylter Unternehmen zu begründen versucht: zwei Folgen für meine Sendereihe, deren Abgabetermin eingehalten werden müsse. »Aber bis Ende Januar«, fügte ich jetzt hinzu, »sind die Manuskripte längst in der Redaktion. Vierzehn Tage Ruhe auf der Insel, das genügt.«

Renate schien immer noch irritiert. »Und deshalb der ganze Aufwand? Komisch, sonst bist du doch immer ganz gut an deinem eigenen Schreibtisch fertig geworden. Warum diesmal nicht?«

Weil diesmal der Teufel dazwischensitzt, erklärte ich, möglichst beiläufig, trotz des Klumpens im Hals, der mir seit Pierres herausgerutschter Wahrheit sogar ihr gegenüber die Sprache verschlagen hatte, »dauernd das Telefon, oder irgendwer steht vor der Tür, die Post, der Apfelmann, der Honigmann, die Zeugen Jehovas, und der Wasserhahn tropft, und die Heizung spinnt«, bis Renate »es langt!« rief, »erzähl keine Märchen. Ich merke doch, wie du dich verändert hast. Was ist los? Traust du mir nicht mehr?«

Es klang wie die Aufkündigung unserer Freundschaft, dem letzten Rest Stabilität in meiner brüchig gewordenen Welt, und der Horror, auch dies noch zu verlieren, löste die gestauten Tränen endlich so weit auf, dass sich mein Elend in Worte fassen und erzählen ließ, die ganze Geschichte von Annika und ihrer Mutter und Pierres Betrug und dem Abgrund, der nun zwischen ihm und mir klaffte, und dass es vorbei wäre mit uns, vorbei und gewesen.

Wir saßen am Kamin, das Feuer fiel in sich zusammen. »Vorbei und gewesen«, sagte ich, »und vielleicht ist es ja besser so, nach allem, was er getan hat.«

»Nicht nur er.« Renate stand auf, warf ein Scheit in

die Glut, griff nach dem nächsten und sah mich an. »Nein, nicht nur er, du auch. Lieber den ganzen Mann verlieren als etwas von ihm hergeben. Eifersüchtig auf ein Kind, bist du wirklich so kleinherzig?«

»Es geht nicht um das Kind«, sagte ich. »Es geht um Pierres Lügereien und sein doppeltes Spiel«, was Renate mit der Frage, ob ich denn nie gelogen hätte, beiseiteschob und nach meinem zögerlichen »zumindest nicht in solchen Dimensionen« erst eine Weile schwieg, bevor sie »das kann ich mir denken« sagte. »Sonst wüsstest du, dass manchmal die Wahrheit das entschieden größere Übel sein kann.«

»Aber du weißt es genau, wie?«, fragte ich mit halbem Spott, der mir indessen verging, als sie nun ihrerseits etwas Erstaunliches preisgab, eine Affäre nämlich im vergangenen Sommer, einen Lover, eine Liebschaft oder wie dergleichen genannt würde, Ehebruch also, und zwar ohne jede Spur von schlechtem Gewissen, ob man es glauben wolle oder nicht.

Ein Fanfarenruf, triumphal geradezu, kaum fassbar, ausgerechnet Renate. Dieser Fels in der Landschaft, allein auf das Wohl ihrer Familie fixiert und glücklich dabei, wie alle Welt behauptete, was sie, als ich es ihr in meiner Verblüffung entgegenhielt, kurz aufschluchzen ließ. Glücklich, ja, das habe sie auch gedacht, und gerade deswegen sei wohl irgendetwas von ihr in die Revolte gegangen, denn es müsse doch Gründe geben, wenn jemand ihres Kalibers so komplett aus dem Ruder gerate. Keineswegs schleichend im Übrigen, sondern innerhalb von Sekunden, ohne Vorwarnung, nur weil die Zwillinge eines Mittags, als Bohnen mit Birnen und Speck auf dem Tisch standen, lautstark gestreikt hätten, dauernd dieser Kieler Fraß, es hänge ihnen zum Halse raus, und dazu dann Roberts Gelächter.

Doch, wirklich, er habe gelacht, sagte sie, und absurd vielleicht, dergleichen ernst zu nehmen. Aber plötzlich habe sie sich gefühlt wie eine, die vor grauen Wänden ohne Echo stehe, leer und ausgelaugt, so viel hergeschenkt, so wenig zurückbekommen, und jetzt laufe ihr auch noch der Rest durch die Finger. Die Zwillinge würden bald eigene Wege suchen, und Robert, nun ja, Robert und sie seien durchaus ein gutes Team gewesen, vertraut bis zum Gehtnichtmehr, jeder Schritt voraussehbar, alle Worte schon hundertmal gesagt und breitgewalzt, aber immer nur seine eigentlich, und auf diese Weise, habe sie gedacht, würde es weiterlaufen ohne Ende. Doch dann, mitten in der Misere, sei der andere aufgetaucht, einer, der sie herausgeholt habe, überfallartig gewissermaßen, genau das Richtige zu diesem Zeitpunkt.

Ob Robert es wisse, fragte ich in den Redefluss hinein, und »um Himmels willen«, rief Renate, »auf keinen Fall, ganz bestimmt nicht.« Anfangs zwar hätte sie ihm reinen Wein einschenken wollen, zum Glück aber schnell gemerkt, dass dieses Techtelmechtel etwas Vorübergehendes sei, eine Art Rappel sozusagen mit integrierter Therapie, nur für sie selbst von Bedeutung. Robert hingegen dürfe nicht verletzt werden, nicht einmal vor den Kopf gestoßen, nein, gar nichts, weil er ein Teil von ihr geworden sei wie der rechte Arm oder die

Augen, unverzichtbar, trotz all seiner Fehler, so viel zumindest habe sie begriffen während dieser verrückten und dennoch wunderbaren Episode, und wenn sie jetzt davon rede, dann deshalb, um mir klarzumachen, dass es bei Pierre nicht um Lug und Trug gehe, sondern um die Angst, einen von uns, das Kind oder mich, zu verlieren. Doppelte Liebe, wahrhaftig ein Dilemma, und gerade ich mit meinen Lady-Geschichten müsste so etwas doch verstehen.

Gut gemeint, diesmal aber Salz für die Wunden. Ich stand auf, sagte, dass es mir leider unmöglich sei, mitten in einer privaten Katastrophe literarisch korrekte Gefühle zu liefern, und ging.

»Du solltest nicht alles falsch verstehen«, versuchte Renate mich zurückzuhalten, die gleichen Worte, die sie zehn Stunden später noch einmal gebrauchte, als ich von ihr, unserem Haus und Einbeek Abschied nahm, für immer, wie es schien an diesem grauen, windigen Morgen.

Nicht alles falsch verstehen. Kurz vor Sylt, die ersten Lichter der Insel zuckten schon durch die Schwaden aus Gischt und Nebel, begann der Satz in meinem Kopf zu kreisen. Alles falsch verstehen – war es so? Gehörte ich wirklich zu denen, die nur das Äußere wahrnehmen statt den Kern der Dinge? Einen Moment lang glaubte ich, sofort wieder zurück aufs Festland fahren zu müssen, nach Hause, um des Friedens willen, was eine Gegenstimme gleichzeitig verwarf. So viele Kompromisse waren schon im Sand verlaufen, so viele Argumente gewechselt worden, immer dieselben, immer vergebens. Versteh mich doch, hörte ich Pierre sagen und schüttelte den Kopf, nein, Schluss, ein für alle Mal. Ich hatte nicht den Atem, Tag um Tag gegen mich selbst anzuleben, und egal, wie Renate es nennen würde, kleinkariert, spießig, erbarmungslos: Lieber den ganzen Mann verlieren, als jeden Morgen mit dem Gedanken aufwachen, dass er auch noch anderen gehörte.

Westerland, die Endstation. Es war dunkel, als der Autozug den Bahnhof erreichte, wo schon eine neue Ladung bereitstand für die Tour zurück aufs Festland. Nur fünfundvierzig Minuten Pause, dann hätte er auch mich mitnehmen können. Aber ich ließ das Auto vom Waggon auf den Bahnsteig rollen, im Glauben, dass es so am besten wäre, um wieder mit mir selbst ins Reine zu kommen. Ich fuhr von Westerland nach Keitum, dem Dorf am Watt, und blieb fünf Wochen dort, bis in den Februar hinein, dem Tag vor Pierres Unfall, und nun ist er tot.

»Du darfst dir nicht die Schuld daran geben«, höre ich Leos Stimme, »du bist nicht verantwortlich für das Schicksal, es kommt, wie es kommt«, und in der Tat, ich konnte weder die Zeichen an der Wand deuten noch einen Lastwagen auf Pierre zurasen sehen im Dunst der Zukunft. Dennoch, auch ohne zweites Gesicht hätte mir klar sein müssen, worum es wirklich ging in unserer

Geschichte. Der Kern der Dinge. Ich habe alles falsch verstanden, und niemand kann sie mir wegreden, die Schuld.

In Mussaks Keitumer Haus, wo Renate mich bereits angekündigt hatte, brannte das Licht, der große Kachelofen glühte beinahe, und in der Röhre wartete Maike Jessens berühmte Grünkohlsuppe. Ich wechselte gerade die Schuhe, da standen sie schon vor der Tür, Maike und Nils Jessen aus dem Nachbarhaus, die später mit mir an dem runden Tisch aßen und tranken, so selbstverständlich, als wäre eine der Ihren aus der Fremde heimgekehrt.

Doch, es war gut, hier zu sein, gut und richtig, vielleicht sogar die Lösung für immer. Ein tröstliches Gefühl, das mich in den Schlaf trug, und am nächsten Morgen herrschte auch draußen Ruhe nach dem Sturm, Sonnenschein und der Himmel blau und makellos. »Gibt's oft bei uns mitten im Winter«, hatte Maike Jessen beim Frühstück gesagt. »Und heute ist es wohl extra für dich gemacht.«

Jetzt stand ich am Roten Kliff in Kampen, Ebbe, das Wasser weit zurückgewichen, davor die glitzernde Fläche aus Sand und Möwen. Bald würde das Meer wieder danach greifen, und warum, dachte ich, nicht wirklich hier bleiben, im Schutz der Insel, die mir bisher immer nur ein flüchtiges Hello und Goodbye hingeworfen hatte und plötzlich um mich zu werben schien mit Kachelofenwärme und blauseidenem Winterhimmel. Mein neues Zuhause vielleicht, nun, da mich kein anderes mehr erwartete, warum nicht, was sprach dagegen. Ich ging an der Flutkante entlang, den weichen Boden unter den Füßen, und begann mir die Zukunft vorzustellen auf diesem Stück Land zwischen der offenen See und dem Watt: eine Wohnung, Ebbe und Flut vor den Fenstern, mich einigeln, nachdenken, meine Sendungen schreiben, Neues entdecken in mir selbst und bei den Menschen rundherum, die wie ich irgendwann von irgendwoher gekommen waren, gekommen, geblieben, heimisch geworden. Auch ich würde es schaffen, Wurzeln zu schlagen, eine Gewissheit, die neben mir herlief, Tag für Tag.

Ende Januar hatte Renate sich angekündigt. Mit dem Abendzug, doch schon frühmorgens klingelte das Telefon. Eine Absage, Grippe, die Zwillinge hätten Grippe, ich müsse mich noch gedulden.

»Wie lange?«, fragte ich, worauf sie von ein bis zwei Wochen sprach, mindestens, möglicherweise auch länger. Allerdings komme Robert bald wieder nach Hause, fraglich also, ob es überhaupt Chancen für unseren gemeinsamen Urlaub gebe. Ohnehin zähle sie auf meine baldige Rückkehr. Das Meer wecke oft ganz neue Gedanken und Kräfte, und vielleicht würde ich es doch nochmal mit Pierre versuchen.

Ich warf den Hörer hin, nein, niemals, kein Gedanke daran, gerade jetzt nicht, nachdem man mir endlich ein passendes Zwei-Zimmer-Appartement in Westerland halbwegs zugesagt hatte, allerdings in einem der

Hochhäuser an der Strandpromenade. Ungetüme für Sylter Verhältnisse, nicht mein Wunschtraum, dort einzuziehen. Aber immerhin lag es im obersten Stock, und bezahlbare Wohnungen waren Raritäten hierzulande, angesichts der Massen von Feriengästen, die während der Saison erheblich mehr Profit brachten als Dauermieter im ganzen Jahr. Die Einheimischen, hatte mir der Makler erklärt, stünden Schlange nach dem letzten Loch, meistens vergeblich, und falls ich dieses Objekt mit dem phantastischen Blick übers Meer so billig bekäme, dann nur deshalb, weil die Eigentümerin meinen Namen vom Fernsehen kenne und gern hin und wieder mit mir Kaffee trinken würde. Ein Luxus, den sie sich mit ihren zahlreichen Immobilien leisten könne, während seine Provision darunter ziemlich leide. Aber solange der bisherige Mieter nicht ausgezogen sei, bleibe ja alles noch offen.

Es klang nach einer Drohung, was mir weder das Objekt noch den Vermittler sympathischer machte. Andererseits würde sich jetzt, im beginnenden Frühjahr, kaum etwas Besseres bieten, und abgesehen von dem Wolkenkratzer-Verschnitt drumherum fand ich die Wohnung ganz passabel mit ihren großen hellen Zimmern, die ich in Gedanken schon eingerichtet hatte, ich allein, ganz nach meinen eigenen Wünschen. Weiße Wände und Türen und die Vorhänge blau, auch die Sessel, das Sofa, der Teppich, die Regale, Teller, Tassen und Schüsseln, alles weiß und blau, ganz anders als in Einbeek und, am wichtigsten, neu und ohne Spuren. Kein Bodensatz meines früheren Lebens sollte mich anstarren, so wie ich auch die Erinnerung an Gewesenes mit Gegenwärtigem zuzudecken versuchte, Pierre insbesondere, der sich, seitdem die Westerländer Wohnung zur Diskussion stand, viel öfter als vorher aus dem Morgen- und Abenddunst herausschob, sein Gesicht, die Hände, die Haut mit dem Geruch, den ich so geliebt hatte oder immer noch liebte, ich wusste es nicht genau. Sicher schien nur, dass ich ihn abschütteln musste, um frei zu werden für das, was kommen würde, doch, so viel stand fest. Und trotzdem lauerte an der Abseite dieses Gedankens der verquere Wunsch nach seiner Nähe, nicht unbedingt in realer Körperlichkeit, aber zumindest als eine Art Phantom, so wie manchmal bei Nacht, wenn er plötzlich da war, mit oder gegen meinen Willen, und nur einen vagen Nachhall von Glück zurückließ, der sich schnell verflüchtigte, ohne irgendetwas zu blockieren. So jedenfalls legte ich es mir zurecht, absurd in der Tat, wie sich schon bald zeigen sollte, vermittels eines inneren Salto mortale, genau in dem Moment, als der Mietvertrag auf meine Unterschrift wartete.

Es war am Vormittag, sechs Wochen nach meiner Ankunft. Wieder hatte ich am Kampener Kliff gestanden, Februar inzwischen, aber keine Ebbe wie damals, und dass die Sonne fehlte, veränderte alles. Das auflaufende Wasser döste vor sich hin, graues Möwengeflatter im Ostwind, nichts Glitzerndes zwischen Himmel und Meer, das mich zum Bleiben hätte verlocken können auf dem Weg nach Westerland, wo der Makler mir nun nach dem ewigen Hin und Her berichtete, dass der säumige Mieter plötzlich verschwunden sei, bei Nacht und Nebel, und dass die Kaution kaum einen Bruchteil der Renovierungskosten abdecke, ganz zu schweigen von der geschuldeten Miete.

»Ein Ganove«, sagte der Makler, »und wenn Sie den Schaden übernehmen, können Sie einziehen. Den Vertrag habe ich in der Tasche. Morgen früh rücken die Maler an, drei Tage, mehr brauchen die nicht.«

Er hatte im Treppenhaus auf mich gewartet, ein weißes Malteser-Hündchen im Arm, das sich, als es im Wohnzimmer auf den Teppichboden gesetzt wurde, winselnd an die großen Füße seines Herrn drängte.

»Schrecklich, meine Minni«, seufzte er. »Draußen am Strand ist so ein alberner Terrier um sie rumgewedelt, nun muss die kleine Zicke erst mal drei Tage zittern«, und was mich und meine Begeisterung über die endgültige Zusage betreffe, so scheine sich diese ja ziemlich in Grenzen zu halten. Aber ihm sei es egal, es gebe genug andere Interessenten.

Die gleichgültige Stimme der Insel. Ich stand am Fenster, den Mietvertrag in der Hand, und blickte auf das heranrollende Wasser, über dem jetzt eine dünne Nebelschicht hing, alles trübe und abweisend, was hatte es mit mir zu tun. So viele Wochen war ich an der Flutkante entlanggelaufen, tagein, tagaus, eine Streunerin, von niemandem zur Kenntnis genommen. Selbst in dem Laden, wo ich Brot und Milch kaufte, schien man durch mich hindurchzulächeln, auch die

Jessens, Maike und Nils, waren mir mehr oder weniger fremd geblieben, und nun dieses noch winterlich verödete Monstrum von Hochhaus, in dessen Waben sich demnächst das Ferienvolk stapeln würde, und ich ein Teilchen des ständig wechselnden Gedränges, austauschbar wie alle hier.

Wenn ich die Wohnung haben wolle, sagte der Makler, solle ich ihn baldigst anrufen, und nein, ich wollte sie nicht mehr. Ich wollte keiner Illusion hinterherlaufen. Ich wollte dort sein, wo wir hingehörten, wir beide, Pierre und Nora, wo wir uns trafen am Ende des Tages, gemeinsam aßen und tranken, redeten, Pläne machten und verwarfen, uns stritten, vertrugen, einschliefen und wach wurden. Unser Leben. Warum hatte ich mich daraus vertreiben lassen. Warum nicht teilen wollen.

Ein Blick auf die Uhr, kurz vor fünf, noch nicht zu spät für die Heimreise. Ich legte den Mietvertrag aufs Fensterbrett, nahm ein Taxi nach Keitum, warf die Koffer in meinen Renault und erreichte gerade rechtzeitig den nächsten Autozug, der mich über den Damm zurück zum Festland brachte. Niebüll, die Endstation, von dort zwei Stunden auf der A7 nach Hamburg, dann durch dichten Nebel Richtung Einbeek. Es war Nacht, als der Wagen endlich an unserem Grundstück hielt. Und während das Garagentor sich öffnete und schloss, bog Pierres Peugeot um die Ecke.

Ein gutes Omen, diese Gleichzeitigkeit, so kam es mir vor. Wir gingen durch den Garten, dicht nebeneinander, noch war kein Wort gefallen.

»Hast du bis jetzt im Institut gearbeitet?«, fragte ich

schließlich. Er schüttelte den Kopf, schweigend, nicht das Institut also, sondern Berlin vermutlich, ein verlängertes Wochenende mit Annika. Es gab mir einen Stich, gegen meinen Willen, ich hatte ja beschlossen zu teilen. Aber dann, drinnen im Haus, war alles so, als gäbe es nur ihn und mich auf der Welt.

»Wir werden es schaffen«, sagte er vor dem Einschlafen. »Du darfst mich nie mehr alleinlassen. Versprich es mir.«

Es tat so gut, seine Haut zu spüren, endlich wieder die Haut, den Atem und wie er roch und sich anfühlte und sich bewegte und noch einmal die Erde beben ließ. »Ja, ich verspreche es«, hörte ich mich sagen, ein Gelöbnis, dessen Bedeutung mir damals in der Nacht vor dem Unfall fremd war wie irgendein Vodoo-Zauber. Selbst auf der Intensivstation hatte ich noch wenig davon begriffen. Doch das sollte sich ändern während der nächsten Kapitel unserer gemeinsamen Geschichte.

Ich denke an den ersten Morgen nach dem Koma, als plötzlich das Göttinger Gesicht vor mir lag, der junge lachende Pierre von früher. Es fängt wieder an, glaubte ich für den Pulsschlag dieses Augenblicks, eine gespenstische Täuschung. Es war der Anfang vom Ende.

Pierre wolle leben, hatte allerdings auch Moorwede gesagt und Lebenswillen zum unverzichtbaren Motor bei der Rekonvaleszens erklärt, mit Recht, wie sich zu bestätigen schien, besonders nach dem Umzug vier Wochen später in ein normales Krankenzimmer, wo Spezialisten jeglicher Art versuchten, dem zerschundenen Körper wenigstens Reste seiner früheren Fähigkeiten zurückzugeben: Krankengymnasten und Masseure, Ergotherapeuten zum Training des Greifens, Festhaltens und Loslassens, Logopäden für die aus der Kontrolle geratene Sprache und dann, besonders wichtig in meinen Augen, ein junger Neurologe, der ihm helfen sollte, die Spur der verlorenen Erinnerungen wiederzufinden. Brainjogging, wie er sich ausdrückte, lachend, denn er lachte gern, zu gern vielleicht, was Pierre indessen deutlich mehr behagte als irgendwelche feierlichen Töne. Jedenfalls streifte eine sonst kaum vorhandene Heiterkeit sein Gesicht, wenn der muntere Doktor, der passenderweise auch noch Wohlgemut hieß, zur Begrüßung »nun wollen wir die Kameraden mal ein bisschen durch die Manege treiben« schmetterte, so, als handelte es sich bei den maroden Gehirnzellen um Zirkuspferdchen, und mich anschließend mit verbalen Albernheiten wie »die Dame darf das Theater jetzt verlassen« vor die Tür komplimentierte.

Etwas skurril, dieser Typ, und trotzdem der Richtige zum gegenwärtigen Zeitpunkt, denn keine Frage, dass Pierre seit der Brainjoggerei wacher als vorher seine Umgebung wahrnahm, auch nicht mehr gleich einschlief, wenn ich ihm etwas vorlas oder erzählte, sondern des Öfteren sogar Zeichen von Einverständnis oder Missfallen anzudeuten schien, durchaus positive Signale, wie ich fand. Doch, Wohlgemut war der Richtige, unentbehrlich geradezu, sodass ich mich eines

Tages sogar von ihm zum Bier in Tante Tinas Pilsstube schleppen ließ.

Ein besonderer Tag freilich, auch, weil Professor Moorwede bei der Visite von dem Plan gesprochen hatte, Pierre demnächst auf die eigenen Beine zu stellen, meine Freude über die gute Nachricht jedoch gleich darauf mit Zweifeln an der Belastbarkeit des Rückens wieder verdüstert, ganz abgesehen von seinen Bedenken, ob das Gehirn bereits in der Lage wäre, die körperlichen Funktionen zu koordinieren. Ein riskantes Unternehmen also, wie er mir erklärte, riskant und dennoch erforderlich, immer wieder gegebenenfalls, bis zum eventuell möglichen Erfolg.

»Eventuell?«, rief ich, aus allen Illusionen fallend. »Warum nur eventuell? Momentan sieht es doch eher hoffnungsvoll aus«, worauf er nickte, »ja, momentan. Nur sollte man realistisch bleiben. Was zählt, sind nicht Ihre Euphorien, sondern die Fakten. Lernen Sie endlich, damit zu leben, sonst halten Sie das hier nicht mehr lange durch«, und kaum, dass Moorwede verschwunden war, hatte Pierre plötzlich mit mir reden wollen, zum ersten Mal aus eigenem Antrieb und offenkundig im Verlangen nach Klarheit.

Die Dämmerung hatte früh eingesetzt an diesem von Nebel und Regen verhangenen Herbsttag. Zeit für mich zu gehen, und während ich den Mantel anzog, fragte Pierre, was ich denn vorhabe, jetzt, mitten in der Nacht. So spät schon, da solle man lieber bleiben, wo man hingehöre.

Verwaschenes, wirres Zeug, noch halb im Schlaf. Doch dann, bei meinem besänftigenden »du hast recht, ich bin müde, ich will nach Einbeek fahren und schlafen«, zuckte er zusammen. Einbeek, ja, das kenne er, ja, da stehe doch unser Bett, »und warum schlafe ich nicht in unserem Bett?«

»Weil du noch krank bist«, sagte ich, »und erst gesund werden musst, bevor man dich nach Hause lässt.«

Er nickte, »ja, nach Hause, bring mich nach Hause«, wobei das brüchige Stammeln nichts von seinen Gefühlen verriet. Aber möglich, dass auch vor seinen Augen unser Schlafzimmer auftauchte, das Schlafzimmer mit dem gelben Chintz an der Fensterfront, durch die frühmorgens die Sonne schien und nachts der Mond, und wir beide Haut an Haut und das Hin und Her und Auf und Ab und unsere Stimmen dazu und der Doppelton unseres Atems, weiter, immer weiter. Es machte mich verrückt, daran zu denken, an das, was gewesen war und nie wieder sein würde, nur das Bett noch und der gelbe Chintz, aber nie wieder Pierre und ich, nie wieder, nie wieder. Dieses Sirren hinter meiner Stirn, in das sich unversehens seine nächste Frage bohrte, die Frage nach dem Kind, wo das Kind denn sei, Laura, unsere Laura, auch sie brauche ihren Schlaf.

»Nein«, sagte ich erschrocken, »nein, wir haben keine Laura, nein, ganz bestimmt nicht.« Umsonst. Doch, er wisse es, ein Kind mit seinen Augen, es sei da, irgendwo, »oder hast du es etwa weggeschmissen?«

Die Sprache war fester als vorher, auch klarer. Ich sah, wie er seine Gedanken durch die Vergangenheit trieb, eine hektische Suche nach der kleinen Tochter, der richtigen, die ihm entglitten war mitsamt dem Namen, genau das, was ich gewünscht hatte auf dem blauen Stuhl der Intensivstation, um den Druck endlich loszuwerden. Weggeschmissen, ja, so war es, und nun, ob es mir gefiel oder nicht, musste ich sie Pierre zurückgeben: »Annika, du meinst Annika.«

Eine Welle von Erleichterung lief durch ihn hindurch, bis zu den ineinander verkrampften Händen auf der Bettdecke, die sich öffneten, und sein »Annika, ach ja, Annika, wo ist sie denn?« klang beinahe wie früher.

»Annika wohnt in Berlin«, sagte ich, der letzte Sprung über die Barriere, und »wohnt in Berlin«, wiederholte Pierre, »Berlin, da ist ein See, Eva und Annika stehen an der Haustür, sie brauchen Geld, jeden Monat Geld, du musst ihnen …« Die Stimme zerriss wieder, die Silben verwischten sich, den Rest verschluckte der Schlaf, und niemand erklärte mir, wohin dies alles führen würde. War es nur ein trügerisches Aufflackern vor dem nächsten Debakel? Oder womöglich der entscheidende Schritt in die Realität? Realistisch sein, hatte Moorwede von mir verlangt, lernen, mit den Fakten zu leben, leere Worte, wie machte man das? Ich saß allein an Pierres Bett und wollte, dass er die Augen öffnete, der Pierre von früher, und mich in seine Wärme holte, gleich, sofort, nur heute noch, das letzte Mal. Albern, vollkommen albern, unrealistischer ging es kaum. Aber warum durfte eine wie ich nicht auch mal albern sein.

Es war schon dunkel, als ich auf den Parkplatz kam, dunkel, kalt, regnerisch. Kinowetter, hatte ich zunächst gedacht, mich dann aber für das Bier bei Tante Tina entschieden, mit Dr. Wohlgemut, dessen Wagen viel zu dicht neben meinem stand.

»Vorsicht, die Tür!«, rief ich also, und erst das lachende »Nanu, auch Überstunden geschoben?« verriet mir, wer unter der Kapuze des schwarzen Anoraks steckte.

»Ja, Überstunden«, sagte ich verblüfft, denn bisher war er mir immer nur weiß bekittelt unter die Augen gekommen, »jeden Tag Überstunden, und jetzt habe ich Hunger.« Worauf er seine nahegelegene Stammkneipe ins Gespräch brachte, die Frikadellen dort, die sehr passable Linsensuppe, und eine kleine private Plauderei könne doch auch nicht schaden, sodass wir uns alsbald in Tante Tinas Pilsstube wiederfanden, wo es warm war und gemütlich und die Linsensuppe in der Tat besonders gut. Wir aßen und tranken und redeten, ohne Punkt und Komma nahezu, denn das, was er eine kleine Plauderei genannt hatte, lief ebenfalls leicht und locker dahin, von hier nach dort und im Kreis herum, wie Pferdchen in der Manege.

»Was ist so komisch?«, fragte er.

»Unser Wortjogging, Herr Wohlgemut«, sagte ich, und er hob sein Glas, »Jörg, ich heiße Jörg«, ein Angebot, über das ich hinwegging, was ihn aber nicht zu kränken schien. Amüsant und redefreudig saß er mir gegenüber, die Arme gekreuzt, die Augen direkt in meinen, »nanu, Sie können ja richtig lachen. Warum verstecken Sie das immer so sorgfältig?«

Blaue Augen, gar nicht albern in diesem Moment, nein, gar nicht, und mit einem vagen Gefühl von Treulosigkeit machte ich ihm klar, wie selten es für mich Grund zum Lachen gebe und dass es im Übrigen Zeit zum Aufbruch sei.

»Wirklich?«, fragte er. »Werden die Jalousien schon wieder runtergelassen? Schade, so ein schöner Abend«, und später, unter den triefenden Bäumen am Parkplatz, fing er plötzlich an, mich zu küssen, erst mehr oder minder liebevoll, dann immer gieriger, mit allem Drum und Dran, sodass ich mich kaum rechtzeitig zu einem strengen »Schluss mit dem Unsinn« aufraffte, »ich könnte Ihre Mutter sein und bin außerdem verheiratet.« Das letzte Wort allerdings blieb in der Luft hängen. Da nämlich lachte er schon, »toll, so eine schöne junge Mama, die würde mancher gern im Arm halten«, worauf ich ebenfalls in Gelächter ausbrach, lauter als er und nicht zu stoppen, ein Lachkrampf, der sich immer wieder neu entzündete an dieser absurden Konstellation: Ausgerechnet der alberne Wohlgemut und ich, Nora Lohring, die dasselbe wollte wie er, noch dringlicher vermutlich angesichts der langen Abstinenz, und sich nun, statt in der Not Fliegen zu fressen, hinter spießigen Argumenten verbarrikadierte. Viel Lärm um nichts, für mich und die Treue galten andere Normen. Aber diese Erkenntnis war damals noch kein Teil meines Repertoires.

Am nächsten Morgen verstauchte ich mir auf dem Weg von meinem Arbeitszimmer zur Küche den linken Fuß, gleich so ausgiebig, dass der Orthopäde ihn stilllegte und mir eine längere Schonzeit verordnete. Seit Jahren war ich schadlos in dem Haus hin und her gependelt, vom ersten Stock nach unten und umgekehrt, ohne Gedanken an die Treppe, und nun dies.

»Vielleicht wolltest du dir selbst mal Ruhe verschaffen«, sagte Renate Mussak, die mich zum Arzt gebracht hatte, »eine Freud'sche Fehlleistung gewissermaßen«, was vermutlich stimmte, so leicht, wie mir die Schreiberei plötzlich wieder von der Hand ging. Leicht wie lange nicht, sehr zur Erleichterung meiner Redakteure, die sich angesichts der dauernden Terminnöte entschlossen hatten, einige meiner Filme aus früheren Jahren nochmals ins Programm zu nehmen, für die Zeit danach aber dringend neue Lady-Geschichten brauchten und den verstauchten Fuß geradezu bejubelten.

Auch Pierres neue Stationsschwester reagierte auf die Meldung von meinem Treppensturz so heiter, als hätte ich eine Kreuzfahrt in die Karibik gewonnen, »genießen Sie es, und keine Sorge, Ihr Mann ist voll beschäftigt mit seinen Therapien, und wenn Sie ihn im nächsten Monat wieder besuchen, freut er sich umso mehr.«

Floskeln, wir wussten es beide. Schon vierzehn Tage später weckte mich das Telefon, Moorwede persönlich, »ich hoffe, Sie können wieder einigermaßen laufen«, und im gleichen Atemzug, ohne die Antwort abzuwarten: »Kommen Sie bitte her, sofort, ich muss mit Ihnen sprechen.«

Was passiert sei, wollte ich wissen, wurde aber unterbrochen. »Beeilen Sie sich, nehmen Sie ein Taxi, dann werden wir reden.«

Es klang anders als sonst und machte mir Angst, und dann, in seinem Zimmer, erschrak ich vor seinem grauen, übernächtigten Gesicht mit den rotumränderten Augen.

Er rückte mir einen Stuhl zurecht und fragte nach meinem Bein, überflüssigerweise, mein Bein, wieso mein Bein, es gehe nicht um mein Bein, es gehe um meinen Mann, »und was ist los, sagen Sie mir endlich die Wahrheit, oder ist die Wahrheit so schlimm?«

Erst beim letzten Wort merkte ich, wie laut meine Stimme geworden war, ein schriller Ton, der mir in den Ohren gellte, mit dreifachem Echo, schlimm schlimm schlimm.

»Ja, schlimm«, sagte Moorwede, »und schlimm, dass ich es sein muss, vom dem Sie es hören.«

»Sie sind der Arzt«, sagte ich.

Er nickte, »aber wenn man einen Patienten länger kennt, fällt es noch schwerer als sonst«, und so teilte er mir schließlich in dürren Worten mit, was sich ereignet hatte bei dem ersten Versuch, Pierre auf die Beine zu bringen, für das kurze Stück vom Bett bis zum Rollstuhl.

Niemand habe damit gerechnet, sagte Moorwede. Alles schien in Ordnung zu sein, auch der Kreislauf zufriedenstellend und die geistige Verfassung besser denn je. »Nun mal los«, habe er gesagt, als die Pfleger ihn aufrichten wollten, »das geht schon«, und dann der erste

Schritt und der zweite und noch einer. Doch plötzlich habe er geschwankt und zu lallen begonnen und das Bewusstsein verloren, eine schwere Gehirnblutung, wie sich später herausstellte, ja, so sei es gewesen.

»Wann?«, fragte ich und hörte, wie Moorwede »gestern« sagte, »gestern Nachmittag, und verzeihen Sie bitte, dass wir Sie erst heute Morgen angerufen haben. Akute Lebensgefahr, er musste untersucht und behandelt werden, dann auch sofort operiert, um die Blutungen zu stillen, ein fast aussichtsloser Kampf, die ganze Nacht, und ich wollte unbedingt selbst mit Ihnen reden, nein, kein Grund, mir Vorwürfe zu machen.«

»Nein«, sagte ich, »nein, bestimmt nicht und Hauptsache, er lebt und ist wieder da.«

Moorwede stand immer noch hinter dem Stuhl. Er schwieg, kontrollierte meinen Blutdruck, schob mir eine Tablette in den Mund, schwieg weiter und sagte endlich, »ja, er lebt, er wird beatmet und ernährt, der Organismus funktionstüchtig gehalten. Alles andere hingegen – schwer zu begreifen, ich weiß. Sie müssen sich wohl damit abfinden, dass er nichts mehr wahrnehmen kann, zurzeit jedenfalls. Und später, bei so massiven Schädigungen der Gehirnareale?« Er hob die Hände und ließ sie wieder fallen, und durch die Schleier meines Schocks sah ich seine Hilflosigkeit und wie sinnlos es war, daran vorbeizuhoffen.

Später stand ich an Pierres Bett, jetzt wieder auf der Intensivstation, wo er, eingekreist von Kabeln und Schläuchen, zum zweiten Mal ins Koma abgetaucht schien, doch das, sagte die Schwester, sei eine Täuschung. In Wahrheit nämlich pendele er ununterbrochen zwischen Bewusstlosigkeit und momentaner Aufhellung hin und her, typisch auch für manche Schlaganfall-Patienten. Und ja, sie wisse, dass er nicht in diese Kategorie gehöre, die Symptome jedoch seien fast identisch, Augen auf, Augen zu, mal so, mal so, und ich könne getrost nach Hause gehen, er nehme meine Anwesenheit ohnehin nicht zur Kenntnis.

Mal so, mal so, Worte, die hängen blieben und fortan zu Pierre gehörten, immer in mir gegenwärtig wie zuvor das Summen der Apparaturen rund um sein Bett, das mich während des Komas frühmorgens zur Intensivstation beordert hatte und abends wieder nach Einbeek, um Kraft zu tanken für den nächsten Tag. Noras round the clock service, wie Renate Mussak es nannte, und kein Gedanke an eine Atempause damals, im Schattenreich zwischen Tod und Leben, wo auch die Hoffnung noch nicht gestorben war.

Nun jedoch, im Zeichen des ominösen »Mal so, mal so« legte sich über jeden Anflug von Elan ein bleiernes »Was soll's, es ist vergebens«. Zwar musste er schon nach einigen Wochen nicht mehr voll beatmet werden, ein Fortschritt, hieß es. Die anderen, vom Hirn gesteuerten Reaktionen indessen blieben davon unberührt, und wenn ich auf Drängen des schlechten Gewissens zu ihm kam, auch jetzt fast jeden Tag, trieben mich die leeren, ins Nirgendwo starrenden Augen, so schnell es ging, an meinen Schreibtisch zurück, wo das Schuldgefühl wieder neben mir saß. Die neue Blockade, jetzt jedoch unter einer Glocke völliger Hoffnungslosigkeit, in der ich mich vor der Welt verkroch, bis Professor Moorwede eines Nachmittags, nachdem er lange auf den schlafenden Pierre gestarrt hatte, plötzlich wissen wollte, wie es mir denn so gehe.

Eine Frage zur Unzeit. Am Abend davor war Renate Mussak, meine Begleiterin auch durch diese Phase, bei mir gewesen, um zu versuchen, mich aus der abermaligen Isolierung in das zurückzuholen, was sie Freiheit nannte, Luft zum Atmen, normales Leben und so weiter. Normalität, ihr Dauerton in wechselnden Facetten, während ich nur noch »lass mich in Ruhe« sagte, stets das Gleiche, sodass sie mir schließlich Rilkes Panther um die Ohren schlug, »mach es wie Rilkes Panther. Aber der hat sich wenigstens nicht selbst in seinen Käfig gesperrt«, worauf ich später nach dem Gedicht suchte und den Panther die halbe Nacht durch meinen Kopf schleichen ließ mit seinem Katzengang und dem Blick, der »vom Vorübergehen der Stäbe so müd geworden, daß er nichts mehr hält, als ob es tausend Stäbe gäbe und hinter tausend Stäben keine Welt«, und als ich schlief, begannen die weißen Wände der Intensivstation um mich herumzuwandern, und auch mir war die Welt verloren gegangen.

Die Nacht mit dem Panther, drei Monate etwa nachdem Pierre, statt wieder auf die eigenen Beine zu kommen, in ein Niemandsland zwischen Schlaf und Halbschlaf abgedriftet war, ohne Rückkehr vermutlich. Auch Moorwede hatte das Wort Genesung bisher nicht in unsere Gespräche hineingelassen, kein Thema mehr, und nun, von hinten herum gewissermaßen, die Frage, wie es mir denn so gehe.

»Sie haben sich verändert«, sagte er, »es macht mir Sorgen«, sehr zu meinem Missbehagen, warum Dinge, die offensichtlich jenseits jeder Lösung lagen, noch zerreden.

»Überflüssige Sorgen«, sagte ich also, worauf er den Kopf schüttelte, »ich glaube, Sie irren sich, das müssen wir klären«. Der Moment, in dem sich bereits ankündigte, was gleich danach über mir zusammenschlagen sollte, nämlich dass Pierre ein Pflegefall war und bleiben würde, einer mit irreparablen Schädigungen sein Leben lang.

»Ja, irreparabel«, wiederholte Moorwede, »auch das noch als Folge des Unfalls. Rezidivblutungen, ganz besonders tückisch angesichts der zerstörten Hirnareale, es lässt sich nicht länger verschweigen. Wir haben ihn wieder und wieder untersucht, auch therapeutisch alles getan, aber keine Besserung in Sicht, nirgendwo der kleinste Hinweis, ob weitere Behandlungen sinnvoll wären.«

Wir saßen jetzt in seinem Sprechzimmer, dem Zentrum der Hiobsbotschaften. Moorwede hatte Kaffee bringen lassen, ein heller Frühlingstag, Bilder von zertrümmerten Wirbelsäulen an den Wänden und Sonnenkringel auf dem Teppichboden.

Die Vorhölle, dachte ich, so sieht die Vorhölle aus. Ich fragte ihn, was »sinnvoll« bedeute, dieses Wort sinnvoll, ob man Pierre nun endgültig aufgeben wolle oder wenigstens ein Rest Hoffnung bleibe, und dann sein Schulterzucken, nein, darauf könne er keine Antwort geben, er nicht und niemand, das stehe in den Sternen. Gewiss, Veränderungen seien möglich, sogar noch innerhalb der nächsten zwei bis drei Jahre. Aber der jetzige Zustand erlaube kaum eine halbwegs schlüssige Prognose, gar keine eigentlich. Man könne den Organismus nur gewähren lassen, ihn versorgen, pflegen, vor Schmerzen schützen, und dafür sei ein Krankenhaus nun mal nicht der richtige Ort.

»Also wird er abgeschoben«, sagte ich, und er hob erschrocken die Hände, »so denkt hier niemand, ich auch nicht, das wissen Sie«, und von irgendwelchen überstürzten Maßnahmen dürfe im Übrigen keine Rede sein, immerhin wäre noch dieses und jenes zu erledigen. Die neurologischen Tests für die Stabilisierung des Atems zum Beispiel, und vielleicht ließe sich auch der Schluckmechanismus noch verbessern vor dem Umzug ins Pflegeheim.

Pflegeheim, ein Stichwort, das, als flösse wieder Strom durch die Leitung, meinen erlahmten Energien neue Impulse gab, genug, um Moorwedes Ideen mit Gegenargumenten auszuhebeln: nämlich dass ich sehr wohl Probleme handhaben und lösen könne, außerdem berechtigt sei, die Versorgung meines Mannes selbst zu organisieren, in unserem Haus, dort, wohin er gehöre, und mir verbitte, über meinen Kopf hinweg seine Verlegung zu planen.

Moorwede sah mich an, trauriger denn je, zumindest schien es mir so.

»Sie haben ja keine Ahnung«, sagte er, »gar keine offenbar von dem, was Ihnen eventuell bevorstünde. Möglich, dass er wieder beschwerdefrei atmen kann, atmen, vielleicht sogar schlucken. Aber das ist alles. Und wenn sein Bewusstsein, wie ich fürchte, getrübt bleibt, wird er wohl nie mehr mit Ihnen sprechen können oder wenigstens Blicke wechseln, ein stummer Schatten, den Sie windeln müssen, lagern, waschen, füttern und mit Flüssigkeit versorgen rund um die Uhr, Schwerstarbeit, allein nicht zu bewältigen, glauben Sie mir.«

»Hören Sie auf«, rief ich, »es reicht«, doch Moorwede redete weiter, »nein, da fehlt noch einiges, sein Elend zum Beispiel Tag und Nacht, Elend, Schmerzen, Aggressionen und was sonst noch hinzukommt, qualvoll, es mitzuerleben, ein Fulltime-Job, der Körper und Seele zerfrisst. Und ob Ihnen dabei noch Kraft übrig bleibt, Kraft und Zeit für Ihre Arbeit?«

Fragen, die auch mich oft genug verfolgt hatten in meinem Hin und Her zwischen Schreibtisch und Klinik, bei dem mir die Stunden wie Sand durch die Finger gerieselt waren, eine nach der anderen, unaufhörlich. Und falls man Pierre im Pflegeheim dahindämmern ließe, versuchte ich Moorwede klarzumachen, wäre es auch das Aus für meine Geschichten, weil die Tage dann im gewohnten Trott weiterliefen und alles, was noch geschrieben werden könnte, zusammen mit mir an Pierres Bett veröden würde, das müsse man ja wohl verstehen.

Moorwede nickte, »ja, durchaus. Aber ob die Dinge sich zu Hause nicht genauso entwickeln?«, und »nein«, sagte ich, »nein, bestimmt nicht. Denn wenn er bei mir in Einbeek ist und die Zeit wieder kostbar, werde ich sie nutzen, schon deshalb, weil fremde Pflege teuer wird, kaum zu bezahlen von seinem Ruhegehalt, da geht es nicht anders, da müssen die Ladys her. So nämlich, wie Sie es mir eben prophezeit haben, will ich nicht leben, nicht nur den Schatten meines Mannes windeln und säubern rund um die Uhr und ihn eines Tages womöglich hassen deswegen. Ich will da sein und für ihn sorgen, aber auf meine Weise, mit dem, was ich kann. Früher hätte er das verstanden. Jetzt ist es, wie es ist, und man muss sich entscheiden.«

Ich hatte mich in Rage geredet, lautstark über die Verzweiflung hinweg, aber auch mit einer Spur von Erleichterung, zum ersten Mal seit dem Absturz in die Hoffnungslosigkeit.

»Sorry für den Wortschwall«, wollte ich das Pathos abschwächen, und Moorwede lächelte. »Warum? Jetzt weiß ich wenigstens etwas mehr von Ihnen. Und gewissermaßen haben Sie ja recht.«

Das Telefon meldete sich. Er griff danach, sagte »Moment, ich komme gleich«, und dann wieder zu mir: »Doch, es stimmt. In einer solchen Situation ist Arbeit das beste Korsett, um die Zeit in Form zu halten. Also nehmen Sie Ihren Mann mit nach Hause, sobald es sich machen lässt. Vielleicht tut es ihm gut. Oder Ihnen zumindest. Und wenn es anders kommen sollte: Ich jedenfalls habe das Meine versucht, nicht schuld daran zu sein.«

Nicht schuld sein, wieder etwas, das neben mir herlief, diesmal, weil mich nach dem Gespräch über Pierres bevorstehende Entlassung aus dem Schutz des Klinikums die Angst vor einer Zukunft quälte, in der das Wohl und Wehe nur noch meine Sache sein würde, meine Verantwortung, auch meine Schuld im Fall verkehrter Entscheidungen oder Maßnahmen, alles durchaus nicht so einfach, wie der neu erwachte Elan es mir anfangs noch vorgegaukelt hatte. Denn nun, im Lauf der schrumpfenden Zeit, begann das reale Leben die Illusionen zu überwuchern. Kein Problem zwar, die Räume im ersten Stock als eine Art Krankenstation herzurichten, praktisch, hygienisch, mit gutem Licht und Anschlüssen für die in schweren Pflegefällen erforderliche Technik. Kompetentes Personal indessen, um die Rundumversorgung zu sichern, schien rar zu sein in dieser Gegend. Bedauerndes Kopfschütteln, wo immer ich bei meinen Bittgängen durch weltliche und kirchliche Institutionen auf Hilfe hoffte. Nein, leider unmöglich, total ausgebucht, demnächst vielleicht, wir merken Sie vor. Und so, unter dem Druck der Absagen, Vertröstungen, Enttäuschungen, wuchs die Angst vor dem Scheitern bis zur Panik.

Es begann eines Nachmittags, als ich an Pierres Bett stand und bemerkte, wie sich sein Gesicht im Schlaf auf groteske Weise verzerrte, ganz kurz nur, eben noch da, schon vorbei. Ein Zeichen äußerster Qual in meinen Augen, fratzenhaft, wie bei den Wasserspeiern am Gemäuer gotischer Dome, wogegen der von mir alarmierte Moorwede eher nervliche Reflexe für die Ursache hielt, ein Zittern der Mimik gewissermaßen, und nein, er wisse von keinen medizinischen Gründen, und auch weitere Untersuchungen würden kaum zu neuen Erkenntnissen führen.

Also nahm ich es mit nach Einbeek, das Bild des gepeinigten Pierre, und stellte ihn mir in seiner künftigen Bleibe vor, dem Laurazimmer von anno dazumal, dessen rosarote Kleinmädchenseligkeit der neuen Situation bereits angepasst war, Grün und Beige, was die Farben betraf, und anstelle der altfriesischen Wiege ein mehrfach verstellbares Pflegebett mit der elektronisch gesteuerten Wechseldruckmatraze als hoffentlich wirksames Hilfsmittel gegen den ständig drohenden Dekubitus. Ein paar Bilder außerdem, eine Kommode und Lampen, sonst brauchte er nichts. Schränke beispielsweise, warum noch Schränke. Alles, wozu man sie benötigte, hatte sich erledigt, vom Smoking bis zu den Unterhosen, genauso wie das Sammelsurium der Souvenirs in Pierres einstigem Arbeitszimmer, Zeugen eines bewegten Lebens zwischen hier und dort und nun vorbei.

Um die Dinge, die jetzt zählten, möglichst problemlos unterzubringen, die weitgeschnittenen, hinten offenen Pflegehemden, den Vorrat an Windeln, Urinbeuteln, Bandagen, Verbandsmaterial, Medikamenten, Desinfektionsmitteln und was sonst bereitgehalten werden musste für die Tage und Nächte, schien das neu installierte Bad am ehesten geeignet.

Das weiße, nur wenige Schritte von Pierres Krankenlager entfernte Bad mit seiner ganz speziellen Vorgeschichte: Die ehemalige fensterlose Kammer nämlich, nie beachtet, nie genutzt, war am Anfang der Lauraphase zum Spielzeugzimmer des nicht vorhandenen Kindes erklärt worden. Eine hübsche Idee, hübsch, es im Gespräch auszustaffieren, mit Fenstern, bunten Vorhängen, Tischen und Stühlen, auch extra kleinen für die Puppen. Und Autos natürlich, denn seine Tochter, behauptete Pierre, wolle bestimmt mit Autos spielen.

Hübsch dies alles, sehr hübsch in der Phantasie. Aber nach Lauras Verschwinden aus dem Programm war auch damit Schluss gewesen, und was real vorhandene Spielsachen betraf, so hatte in der nun wieder nutzlosen Kammer nur das einsame Schaukelpferd namens Hopphopp in die Finsternis gestarrt, ein altes Stück aus der Biedermeierzeit, dessen zerschlissenes Fell nebst Mähne und Schweif angeblich von leibhaftigen Rössern stammte.

Pierre, im Taumel seiner Euphorie, hatte es damals bei einem Antiquitätenhändler erworben und hierherschaffen lassen, zu meinem Ärger, weil ich bei dem Anblick jedes Mal an einen Kadaver denken musste, sogar die Ausdünstungen in jeder Ecke zu riechen meinte und das Ganze unsäglich fand, besonders den in ein Messingplättchen geritzten Namen. Pierre glücklicherweise auch, bereits wenige Tage später. Also verschwand das Ungetüm in dem Verlies und geriet während des Tumults, der bald darauf über uns kam, in Vergessenheit. Doch dann, als statt des Spielzeugzimmers ein Bad benötigt wurde und er plötzlich wieder vor mir stand, der räudige Hopphopp mitsamt unserer Geschichte von damals, begann der Film noch einmal abzulaufen: die verpufften Lauraträume, die Annika-Story, das grausame Finale auf der Intensivstation, immer dieselben Bilder, play it again, Sam, play it again. Und da es weder einen Teppich gab noch Stühle, ließ ich mich auf den nackten Boden fallen, presste die Arme vors Gesicht und heulte den Mond an, den Mond oder Gott oder wen immer, mach ein Ende, endlich ein Ende, so lange schon, wie lange noch, endlich ein Ende.

Die alte Litanei. Erst gegen Abend, nachdem Frau Hannewalds Sohn mit dem Anhänger erschienen war, um, wie er sich ausdrückte, den Gaul beiseitezuschaffen, erklärte mir mein schlechtes Gewissen, worum ich diesmal gefleht hatte, das machte alles noch schlimmer.

Renate Mussak, zu der ich in meiner Verzweiflung gelaufen war, um mir ein Echo zu holen, vielleicht sogar Trost, verlor ebenfalls die Nerven, wenn auch aus anderen Gründen.

»Nicht mehr zu ertragen, diese ewigen Gewissensarien«, schrie sie mich an, und ob ich wenigstens wüsste, was sich dahinter verberge. Nein? Wirklich nicht? Nun, dann wolle sie jetzt mal Tacheles reden: der Wahn nämlich, dass es sich bei einer wie mir um etwas ganz Besonderes handeln müsse, etwas Übermenschliches nahezu, eine Art Heilige Elisabeth etwa, »und dabei bist du nicht mal katholisch, nur durch und durch ichbezogen, ohne einen Gedanken an den Rest der Welt, mich zum Beispiel, deine sogenannte Freundin. Kein Gedanke daran, wie es um mich steht, ob gut oder weniger gut oder beschissen bis kurz vorm Krepieren, nein, nichts, du suhlst dich nur in dir selbst, es ist zum Kotzen.«

Ein Koller, befremdlich von der Lautstärke bis zur Wortwahl, und während ich wissen wollte, was denn passiert sei, mit Robert vielleicht oder den Kindern oder ihr selbst, wurde mir klar, wie wenig ich mich um sie gekümmert hatte im Nebel der letzten Wochen. Nur immer an ihr vorbeigelaufen und genickt, das war es gewesen, und es stimmte ja mit der Suhlerei im eigenen Seelenquark. Jedes Wort stimmte. Aber das, versicherte ich ihr, habe nichts mit unserer Freundschaft zu tun, ich brauchte sie doch, und hoffentlich habe sie mich nicht schon abgeschrieben.

»Sei nicht albern«, sagte Renate, »ich brauche dich auch«, und dann: »Robert will sich scheiden lassen.«

»Du lieber Himmel«, rief ich, was sie, schon wieder lauthals aus der Fassung geratend, Blödsinn nannte, denn dem Himmel sei es keineswegs anzukreiden, sondern einzig und allein einer von Roberts geilen Doktorandinnen, die ihm beigebracht habe, dass jedem Menschen ein neues Glück zustehe, wenn das alte fadenscheinig werde.

»Fadenscheinig!«, sie fing an zu weinen. »Und genauso hat er es mir dann verklickert. Klingt ja ziemlich plausibel. Zwanzig Jahre, das hinterlässt Kratzer im Lack, und ich kenne mich schließlich aus mit solchen Krisen. Aber muss man da gleich den ganzen Kram hinschmeißen? Ich habe ihm zu der Professur verholfen, jeden Gedanken mitgedacht und durchformuliert und alles, was meins war, hergegeben, Zeit und Geld, sogar die eigene Karriere, und nun sollen wir verschwinden, ich, die Fadenscheinige mit ihren Kindern, und Platz machen für das junge Glück.«

»Unsinn«, unterbrach ich sie, »so ist er nicht, schon gar nicht so ein Karnickel«, was Renate noch lauter schluchzen ließ, doch, so sei er, und sie selbst habe ihn durch ihre ewige Jasagerei dazu gemacht, zum Egomanen und Superkarnickel. Aber jetzt könne er nicht mehr mit ihrer Gutmütigkeit rechnen, jetzt würde er sich den Kopf einrennen. Das Haus hier nämlich stamme von ihren Eltern. Die hätten es ihr noch vor der Hochzeit geschenkt und zum Glück auf Gütertrennung bestanden, und nun stehe sie als alleinige Eigentümerin im Grundbuch, da werde Robert sich wundern.

»Unsinn«, rief ich wieder, »so ein kleinkariertes Theater passt doch nicht zu euch«, prophetische Worte, wie sich zeigte. Im Juni nämlich, nachdem er mit seinem bis übers Dach beladenen Volvo dem neuen Leben entgegengefahren war, kehrte er wieder in das alte zurück, wobei das Drama ausgerechnet auf den Tag fiel, an dem mir Moorwede Pierres definitiv beschlossene Entlassung aus der Klinik mitgeteilt hatte.

Keine überraschende Nachricht und trotzdem ein Schock für mich. Seit der Pflegeheimdebatte war ich ihm bei meinen Besuchen möglichst ausgewichen, so, als könnte man damit auch um diesen endgültigen Schlusspunkt einen Bogen schlagen. Nun jedoch hatte er mich zu sich rufen lassen, ins Zimmer der Hiobsbotschaften, ich wusste, warum.

»Lange nicht gesehen«, sagte er zur Begrüßung. »Bei der Abendvisite waren Sie meistens schon verschwunden, leider. Aber es gab ja auch kaum nennenswerte Veränderungen bei Ihrem Mann. Die Atmung und der Schluckreflex haben sich leidlich stabilisiert, mehr war nicht zu erwarten, und wenigstens blieb Ihnen noch etwas Luft für die Vorbereitungen im Haus. Alles in Ordnung?«

Ich dachte an die Umrüstung der Kammer und nickte, ja, halbwegs, jedenfalls soweit es die Einrichtung betreffe. Nur das Pflegeproblem müsse noch geregelt werden, was Moorwede mit Sorge zur Kenntnis nahm, »hoffentlich bald, länger als zwei Wochen können wir ihn nicht mehr hierbehalten. Aber Sie wissen ja, es gibt eine Alternative.«

Da war es wieder, das Pflegeheim.

»Nein«, sagte ich, »nein, keine Alternative.«

Sein Schulterzucken, »Ihr Mann würde nichts davon spüren, begreifen Sie es doch«, wogegen ich nochmals anrannte, »nein, ich muss nichts begreifen, ich weiß ja, wie es ist. Wie bei einem unterirdischen Wasser, das sich durch Felsspalten zwängt, plötzlich auftaucht und über eine Wiese fließt und wieder verschwindet und wiederkommt, hin und her und her und hin, nie ganz weg, nie ganz da, ja, so ist es, und unmöglich, dass gerade ich versuche, ihn total abzuschreiben. Er würde es spüren, durch alle Schichten hindurch, und mir keine Ruhe mehr lassen, keinen Moment. Aber das können nun wahrscheinlich Sie nicht verstehen.«

Moorwede hatte sich an seinen Schreibtisch gesetzt und malte mit dem Zeigefinger unsichtbare Kringel auf die blank polierte Platte. »Woher wissen Sie, was ich verstehe oder nicht? Und was weiß ich von Ihnen? Wir haben dann und wann normal miteinander zu reden versucht, ja, das schon, aber nie ein Gespräch zu Ende geführt. Schade. Können Sie mir darin wenigstens zustimmen?«

Ich zögerte. Normal? Nichts war normal gewesen bei unseren Gesprächen, der Ort nicht, die Situation nicht, ich am allerwenigsten. »Sie etwa?«, wollte ich ihn fragen. Doch wieder drängte sich das Telefon zwischen mich und Moorwede, den ich eigentlich schon Leo nennen könnte an diesem Punkt der Erinnerungen. Aber noch, obwohl ich Pierres Heimkehr voller Angst entgegensah, soll er der Einzige bleiben, der damals zählte. Noch darf kein anderer sich neben ihn drängen, nicht mal beim Blick in die Zukunft.

Kein Leo also, sondern Moorwede war es, Professor Moorwede, der mir das Ende der Schonfrist angekündigt hatte, und abends, zu Hause in Einbeek, stand plötzlich wieder Roberts Volvo vor der Garage, vollgeladen wie am Tag seiner Abreise oder Flucht oder als was diese Aktion ursprünglich gedacht war. Ich wollte Renate anrufen, so spontan, wie seit Jahr und Tag üblich bei uns. Aber der Name Robert war zum Tabu erstarrt, und besser vielleicht, ihr den ersten Schritt in diesem Fall zu überlassen.

Es dauerte eine gute Woche, bis sie sich meldete, anfangs nur mit der Erkundigung nach Pierres Befinden. Dann aber, angesichts meiner Sorgen wegen des drohenden Pflegenotstands, begann ihr praktischer Sinn sogleich der Frage nachzugehen, wer in unserem Ort sich eventuell als Aushilfe rekrutieren ließe, wobei auch Robert wieder ins Spiel kam, der selbstverständlich mit zupacken würde, wenn Muskeln gefragt waren, vorausgesetzt natürlich, dass er sich in erreichbarer Nähe befände.

»Natürlich«, sagte ich und sprach, um das Thema zu wechseln, von Frau Hannewalds beängstigendem Angebot, wenigstens einen Teil der Betreuung zu übernehmen, Waschen und solche Kleinigkeiten, dafür sei sie doch geeignet.

Ausgerechnet Frau Hannewald. Unerträglich, auch nur daran zu denken, Pierres Blößen ihrer Neugier preiszugeben, so unerträglich wie Renates Idee von den Nachbarschaftshilfen, die unser Elend ebenfalls zum Dorfgespräch machen würden: der elegante Professor

Lohring in Windeln und hirnlos ans Bett gefesselt, hoch hinaus und plötzlich aus, eine schreckliche Geschichte, schrecklich schön. Ich hörte ihre Stimmen in der Dunkelheit, zusammen mit jenen, die von Fluchtwegen raunten, Richtung Hamburg eventuell, in eine Anonymität, wo wir Fremde sein würden, ohne Vergangenheit und Gegenwart, und draußen die Elbe oder Alster statt der Heide mitsamt ihren glücklichen und schmerzhaften Erinnerungen. Nachtgespenster, nicht loszuwerden, bis Schwester Guda mich von ihnen befreite.

Schwester Guda war kurz vor Pierres Rückkehr aus der Klinik bei mir in Einbeek aufgetaucht, gerade als unsere örtliche Diakonie mich davon benachrichtigt hatte, dass die versprochenen Pflegekräfte erst ab August verfügbar wären. Nach so vielen Wochen ohne fachkundige Hilfe nun die neue Katastrophe. Aber noch während ich meinen Protest zu formulieren versuchte, hielt ein Opel Kadett neben der Garage, und dann stand sie vor mir mit ihrer makellosen weißen Haube über dem schwarzen Kleid: eine energisch blickende rundliche Frau, schon angegraut alles in allem, die Stimme indessen klar und präzise, »guten Tag, ich bin Schwester Guda, Professor Moorwede meint, Sie könnten mich brauchen und dass es pressiert.«

Schwester Guda also, die, wie ich erfuhr, ihre »Pflegehilfe für familiäre Notfälle« in eigener Regie betrieb und meine Frage angesichts des großen silbernen Kreuzes auf der Brust, ob sie Diakonisse sei, etwas gewunden mit Ja beantwortete, »ja, beinahe, so könnte man es nennen, und selbstverständlich evangelisch«. Worauf ich zwar beschloss, mich nochmals bei Moorwede nach ihr zu erkundigen, im Moment aber nickte, »sehr gut, dann passt es ja, evangelisch sind wir auch.«

Mehr oder minder opportunistisch gemeint, in der Annahme, es könnte mir von Nutzen sein. Zu meiner Verwunderung jedoch erklärte sie die Konfession jetzt zur Nebensache, nichts von Bedeutung, einzig der Glaube zähle, der Glaube und die Liebe zu den Leidenden, alles Übrige sei Gott egal.

»Ja, egal«, sagte sie, mit solcher Vehemenz, als ob es sich um ein Bekenntnis handelte. Und in der Tat, das war es auch, eins, das ständig wiederholt werden musste, für diesen ganz speziellen Gott und den eigenen Seelenfrieden. Schwester Gudas immerwährendes Bekenntnis, aus Gründen, die ich ebenfalls noch kennenlernen sollte.

Zur Stunde freilich war nur wichtig, dass sie blieb, denn keine Frage, es pressierte, vor allem im Zeichen der akuten Gefahr, unter Frau Hannewalds Fuchtel zu geraten, die sich bereits quer durch Einbeek als höchstwahrscheinlich einzige Rettung für den armen Herrn Professor in die Brust warf. Ein Problem, das sich nun vielleicht lösen ließ, schon deshalb, weil Schwester Guda von Moorwede kam und Moorwede keiner war, der Hoffnungen weckte ohne irgendeine Lösung im Hinterkopf.

»Wie sieht es denn aus auf dem Pflegesektor?«, hatte

er mich bei einer der letzten Visiten gefragt, eher am Rande, und war gleich weitergegangen, zu beschäftigt offenbar für die unendliche Lohringgeschichte. Doch nun, gerade noch rechtzeitig vor der drohenden Katastrophe, stand Schwester Guda neben mir in dem ehemaligen Laurazimmer, begutachtete die absonderliche Hebevorrichtung, mit deren Hilfe Pierre vom Bett in die Badewanne befördert werden sollte, und strich beifällig über den gelben Kopfkissenbezug. »Schön hier, alles so zweckmäßig und hell und freundlich, er wird ihm guttun«, eine Phrase, die mich ärgerte.

»Wahrscheinlich merkt er nichts davon«, sagte ich, und sie, die Augen auf der Heide draußen vorm Fenster: »Vielleicht nicht, vielleicht doch, wer kann es wissen«, was meiner Theorie von dem unter- und oberirdischen Wasser durchaus nahe kam.

»Bleiben Sie bei uns?«, fragte ich.

Sie sah mich an, abwartend und entschlossen zugleich, »natürlich, was sonst. Gibt es hier eine Schlafgelegenheit für mich? Viel mehr ist nicht nötig, ich habe nur leichtes Gepäck.«

Ich zeigte ihr unser Gästezimmer, das, zwei Türen entfernt von Pierre, ebenfalls ihre Zustimmung fand. Sie stieg in den Opel Kadett und kam am nächsten Morgen wieder angefahren mit ihrem leichten Gepäck, kam und wollte bleiben, natürlich, was sonst, ein Wunder mitten in der Katastrophe.

Hören Sie auf, von Ihren Wundern zu reden«, sagte Moorwede, als wir uns danach nochmals gegenüberstanden. »Schwester Guda ist keineswegs vom Himmel gefallen, und Sie wissen doch, man soll den Tag nicht vor dem Abend loben.«

Ja, ich wusste es, und dieser Tag war der letzte hier in der Klinik. Am nächsten Morgen würde man Pierre nach Hause schicken, austherapiert, wie es hieß, kein Vor und Zurück mehr, so viel stand fest.

Auch ich musste nur noch das, was sich trotz seiner Bedürfnislosigkeit um ihn herum angesammelt hatte, in der großen Reisetasche verstauen und dann, wenn die Formalitäten bei der Verwaltung erledigt waren, mein Dankeschön im Schwesternzimmer zelebrieren. Auf jeden Fall ohne Pralinen, wie von kundiger Seite empfohlen wurde. Lieber Bares für die sogenannte Kaffeekasse, und nicht zu wenig, da bitte solle man großzügig sein.

Der banale Schlusspunkt am Ende dieser Phase, und unnötig, erklärte ich Moorwede, mir irgendwelchen naiven Optimismus zu unterstellen. Im Gegenteil, ich hätte längst verinnerlicht, dem Tag bis weit über den Abend hin zu misstrauen, rund um die Uhr gewissermaßen, was er mit seinem speziellen Lächeln quittierte, »um Himmels willen, viel zu extrem«, und von ihm aus dürfte ich schon gleich nach Mitternacht zu jubeln beginnen oder beim Frühstück, alles egal, nur nicht diese totale Resignation, worauf ich versicherte, mich um den richtigen Moment bemühen zu wollen, und vielleicht könne er im Gegenzug ja mal probieren, sein trauriges Lächeln abzuschalten, oder ob es eventuell zum Programm gehöre.

Ungewohnt, dieses Geplänkel, ganz und gar jenseits der bei uns trotz gelegentlicher Diskussionen nach wie vor üblichen Distanz. Ich sah, dass er die passende Antwort suchte. Doch da rief man ihn schon zu einem anderen Patienten, dringlich offenbar, weil er ohne weitere Worte verschwand. Ausgerechnet heute, der wohl letzten Gelegenheit, mich zu bedanken für alles, was er getan oder zu tun versucht hatte, und auch für die Hoffnung im Schlepptau seiner Skepsis, immer wieder die Hoffnung. Eine Schuld, die getilgt werden wollte, unbedingt. Und nun dieser zerbröselte Abschied.

Das Gefühl, die Dinge ordnen zu müssen, ließ mir keine Ruhe bei der nächtlichen Pendelei zwischen Schlafen und Wachen. Und als ich frühmorgens gegen jede Absicht doch wieder nach Eppendorf fuhr, war es zu spät.

Der Herr Professor operiere bereits, teilte mir die Sekretärin unwillig mit, und nein, er sei nicht zu sprechen, nein, später auch nicht, »kümmern Sie sich lieber um Ihren Mann, er wird demnächst abgeholt.«

Sie griff nach dem Telefon, unnütz, noch länger hier herumzustehen, und so, ein Summen im Kopf, lief ich durch die Gänge und über Treppen und fand mich statt an Pierres Bett dort wieder, wo der Operationstrakt lag, hinter dessen Wänden er vor einer Ewigkeit beinahe gestorben wäre. Noch einmal sitze ich auf der Wartebank und drifte ab ins Damals, rieche den Tod, glaube, seinen Atem zu spüren, Pierre, rufe ich, Pierre, und die Wände öffnen sich, ein grüner Kittel kommt mir entgegen, er lebt, höre ich ihn sagen, Moorwede, es ist Moorwede. Schädel-Hirn-Trauma, sagt er, hoffen Sie, aber hoffen Sie nicht zu sehr, und dann, zurück im Hier und Heute, bin ich auf der Intensivstation. Ich sehe, wie die Sanitäter Pierre auf eine Liege heben und davontragen, »nach Hause«, strahlt die Schwester, »jetzt geht es endlich nach Hause«. Sie schiebt das leere Bett in den Flur, Pierre wird mir überlassen, mir und der rotierenden Zeit.

Die Fahrt nach Einbeek dauerte, weil sein maroder Körper geschont werden musste, länger als normalerweise, kein Wunder, dass der Verkehr ins Stocken geriet. Ich fuhr dicht hinter dem Krankenwagen, an der Spitze eines wachsenden Autokonvois, der im Rückspiegel immer mehr zum Trauergeleit für Pierre wurde. So jedenfalls sah ich es in meiner Angst um ihn dort vor mir im Krankenwagen, gemischt mit gleichzeitigem Grauen angesichts dessen, was mich, wenn wir unbeschadet ans Ziel kommen sollten, erwartete, und dazu noch die Frage, ob nicht gerade meine Panik den lauernden Tod alarmieren könnte.

Ein kreisendes Chaos im Kopf, sodass ich, als die Sanitäter Pierre an mir vorbei ins Haus trugen und er plötzlich die Augen weit aufriss, dunkel glänzende Augen wie früher, zum zweiten Mal an diesem Tag den

Halt unter den Füßen verlor. Ein Absturz ins Bodenlose, und ungewiss, ob sich das Gemenge aus Euphorie und Entsetzen von allein stabilisiert hätte, ohne Schwester Gudas Hilfe. Aber da stand sie und brachte, nachdem die Trage verschwunden war, auch mich zur Raison, mit einem strengen »nun mal los, wir werden gebraucht«, wogegen Widerspruch zwecklos schien. Noch halb betäubt war ich ihr nach oben gefolgt, in Pierres Bereich, den sie anfangs »Professortrakt«, dann aber etwas weniger pompös »Doktorzimmer« nannte, »und sehen Sie nur, Frau Nora, wie friedlich er schläft, ein Zeichen vielleicht, dass es ihm hier gut gehen wird.«

Gut gehen und friedlich, der blanke Hohn. Pierre, die Augen geschlossen, war wieder abgetaucht, wohin auch immer, ich wusste es nicht, müßig, ihn zu suchen.

Kann sein, dass ich die letzten Worte vor mich hin gemurmelt hatte, denn Schwester Guda griff nach meiner Hand. »Beruhigen Sie sich, niemand verlangt es von Ihnen. Sie haben genug getan, es reicht. Lernen Sie, wieder an sich selbst und Ihre Geschichten zu denken. Vielleicht kann ich Ihnen dabei helfen, und wenn nicht, bin ich hier überflüssig.«

Ob Moorwede ihr das so diktiert hätte, fragte ich gereizt, und sie nickte, »ja, gewissermaßen. Aber was daraus wird, haben Sie und ich zu entscheiden, wir beide. Das müssen Sie auch noch lernen, Frau Nora.«

Es klang eher bedrohlich als nach Konsens, und dann diese alberne Anrede. »Bitte nicht«, versuchte ich sie wieder mal zu überzeugen, »Nora meinethalben oder Frau Lohring, egal, nur nicht dies.« Aber fraglich, ob sie mir überhaupt zuhören wollte oder entschlossen war, meine Wünsche zu ignorieren. Und fraglich vor allem, wie es laufen würde mit unserem Doppel hier in Einbeek.

Gegen Abend deckte ich unten auf der Terrasse den Tisch, blaues Geschirr, blaue Kerzen und Wein aus dem Roussillon, genauso wie damals nach Pierres Koma, als alles wieder von vorn anzufangen schien. Jetzt indessen ging es mehr um mich und meinen eigenen Neubeginn, unter den Augen der mir noch nicht ganz geheuren Schwester Guda, die sich, weil meine Schreiberei gerettet werden sollte, das Kommando über Pierres Wohl oder Wehe mental bereits angeeignet hatte und nun, als es dunkel wurde am Heiderand, mir den fertigen Arbeitsplan auf den Tisch legte, zwischen die Teller, die Weingläser und Windlichter.

Ein guter Plan zweifellos, Punkt für Punkt durchdacht und auch praktikabel, falls ich, der Risikofaktor, die Bedingung erfüllte, mich während der ersten Monate nur mit mir selbst zu befassen. Komplett, wie sie es nannte. Stillhalten, nichts sagen, nichts fragen, was Pierre betraf. Dann könnte es vielleicht gelingen, mich aus dem Loch herauszuholen.

Abschieben also, das war es, ich sollte Pierre abschieben, worauf Schwester Guda den Kopf schüttelte, »nein, nur ruhig am Schreibtisch sitzen bleiben, darum geht es doch, und hinterher, wenn Ihnen klargeworden ist, was Sie wirklich wollen, können wir weitermachen oder nicht. Einverstanden?«

Ich dachte an den Disput mit Moorwede, damals, als er mir ein Pflegeheim anempfohlen hatte, so nachdrücklich, dass ich innerhalb von Sekunden beschloss, selbst für Pierre zu sorgen, auf meine Weise, schreibend also, wie sonst. Kein Zweifel, ich hatte gewusst, was ich wollte, ohne Wenn und Aber.

»Einverstanden?«, fragte Schwester Guda noch einmal. »Versuchen Sie es wenigstens. Versuchen ist besser als Versäumen.«

Ich nickte, ja, vielleicht, und sie, das Gesicht weich und alterslos im Flackern der Windlichter, hob ihr Weinglas auf unseren Vertrag, kam dann aber noch zu einer privaten Angelegenheit, die, obwohl nicht im Plan verzeichnet, plötzlich äußerst wichtig zu sein schien: Das freie Wochenende nämlich, um ihren Bruder in Lüneburg zu besuchen, der als Pfarrer von dort aus die Katholiken in der Gegend rundherum betreute.

»Die übliche Diaspora«, erklärte sie mir. »Nur eine kleine Gemeinde, aber weit verstreut. Messen, Taufen, Hochzeiten, Beerdigungen, alles, was es gibt, und immer quer durch die Heidedörfer. Kein leichtes Leben, wenn einer in die Jahre kommt, da braucht er hin und wieder Beistand«, worauf ich, über den katholischen Bruder stolpernd, wissen wollte, ob sie denn nicht aus einer evangelischen Familie stamme.

Die falsche Frage offenbar, so erschrocken, wie Schwester Guda reagierte, bevor sie sich ein mühsames »also gut, sprechen wir darüber« abrang und mir die Details ihrer Biographie zu erzählen begann, unter anderem auch, was es tatsächlich auf sich hatte mit dem etwas seltsamen Gott an ihrer Seite: nämlich dass er zu keiner Fraktion gehörte, sondern nur ihr allein, ein ganz privater guter Hirte über den Wolken, erschaffen in den Stunden der Not, als sie um den Kern der Dinge rang.

Schwester Guda und ihre verquere Geschichte, deren Anfänge in der Bischofsstadt Paderborn wurzelten, wo man sie auf den Namen Josepha getauft hatte, Josepha, katholisch, was sonst hierzulande, und schon früh fürs Kloster bestimmt.

Das Übliche in der Familie, eine der Töchter gehörte dem Herrn. Und da sie die Jüngste war, auch fromm und gehorsam, hatte man ihr die Rolle zugeschoben, und ja, sie nickte, es ging ja um Gott, und beim Eintritt ins Kloster nickte sie immer noch.

Ein dummes Ding, nannte Schwester Guda das Mädchen von damals, sehr dumm sogar. Sie hätte doch schon ihre Träume gehabt um diese Zeit, Träume von Kindern und dem Mann dazu, unkeusche Träume ohne Beichte und Buße, und sich denken können, dass so eine nicht zur Nonne tauge. Bescheid wissen und dennoch nicken, was solle man da noch sagen.

Aber es ging eben nicht nur um Gott, sondern auch, wie sie mir nach einigem Zögern preisgab, um den großen Bruder, den ältesten von den Geschwistern und liebsten und besten, weil er so zärtlich zu ihr gewesen war in den frühen Jahren, so wohlig und warm, unvergessen, dieses Gefühl. Der große Bruder, Pfarrer inzwischen, hoch gelobt allenthalben und für eine Karriere im erzbischöflichen Ordinariat vorgesehen, wie konnte sie sich jetzt noch der frommen Pflicht verweigern.

Die arme Josepha, vor der Schwester Guda endgültig davongelaufen war nach zwölf Jahren bei den Osnabrücker Ursulinerinnen, unter deren Dach man ihr den neuen Namen gegeben hatte: Guda, eine Braut Christi, nur der himmlischen Liebe geweiht, obwohl sie sich weiterhin noch mit den Paderborner Sünden herumschlug, heimlich, ohne Beichte und Buße, bis Ludger Niemann, erst seit kurzem Hilfspfarrer von St. Johann und gelegentlich Seelsorger des Marienhospitals, ihr Leben auf den Kopf stellte, schon bei seinem ersten Gang durch die Wöchnerinnenstation, in der auch sie Gott und den Leidenden diente.

So jedenfalls pflegten die Ursulinerinnen ihre Arbeit an den Betten dort zu benennen, nicht ganz passend freilich für diesen speziellen Bereich, wo der Schmerz des Gebärens meistens zu einem bejubelten Ende führte, Elend und Unglück hingegen nach Möglichkeit unter Verschluss gehalten wurden, sodass an Schwester Guda eigentlich nur Mütter mit wohlgeratenen Säuglingen im Arm vorüberzogen, wenn auch nicht unbedingt zu ihrer Freude.

»Jedes Mal ein Wunder«, sagte sie zwar, falls die Mitschwestern im Kloster dann und wann diesbezügliche Fragen stellten, und schilderte bereitwillig die Füßchen, Händchen, Näschen und was es sonst noch zu bestaunen gab. Doch gleichzeitig waberten in ihr, der einstigen Josepha, verzweifelte Niemals-Gedanken. Immer fremde Kinder, fremdes Glück, und für sie nur die sündhaften Phantasien vom Leben jenseits der Klostermauern und wie auch ihre Tage und Nächte hätten aussehen können, wenn nicht alles in die falsche Richtung gelaufen wäre von Anfang an. Und dieses ganze Durcheinander, sagte Schwester Guda bei ihrer nächtlichen Beichte auf der Terrasse, diese Not des Körpers und der Seele sei es wohl gewesen, was sie dem Ludger so Hals über Kopf in die Arme getrieben habe, und er, ja, das wisse sie, er habe ganz ähnlich empfunden. Anders vielleicht, aber ähnlich. Und überhaupt, sie hätten zusammengehört, er zu ihr und sie zu ihm, vom ersten Moment bis heute, und darauf komme es an.

Ludger Niemann, kaum älter als Guda und ebenfalls vom Leidensdruck der Enthaltsamkeit gepeinigt, sodass beide in einem gemeinsamen Impuls nach dem griffen, was plötzlich erreichbar schien, zufälligerweise, weil die soeben aus dem Kreißsaal zurückgekehrte Wöchnerin, Angelika Roose, ganz unvermittelt zu schreien begonnen hatte, ausgerechnet an diesem Tag, zu dieser Stunde.

Ein hysterischer Anfall, Wochenkoller genannt im Stationsjargon, von dem besonders empfindsame Erstgebärende gelegentlich heimgesucht werden. Solche etwa wie jene Angelika Roose, die noch kurz vor der Entbindung ihre Doktorarbeit mit dem Titel »Liebe und Tod im Werk des Dichters Rainer Maria Rilke« abgeschlossen hatte, ein höchst prekäres Thema für eine in ihrer Lage. Nicht verwunderlich also, dass sie auf jeden Stich ins Gemüt heftig reagierte und vollends die Fassung verlor, als ihr, kaum wieder im eigenen Zimmer, die seltsamen Glückwünsche des evangelischen Pastors in die Hände gerieten: »Liebe junge Mutter, Sie haben soeben einem Kind das Leben geschenkt, und das Einzige, was Sie von seinem künftigen Schicksal wissen, ist, dass es einmal sterben wird.«

Nichts Neues, aber dennoch ein Schock ohnegleichen. Gerade erst hatte sie ihren Zeigefinger in die Hand des Neugeborenen gelegt. Er hatte seine kleine Faust darüber geschlossen, fünf rosige Finger, noch keine Stunde auf der Welt, und nun dies. Sie fing an zu schreien, so schrill und ausdauernd, dass die diensthabende Schwester Guda einen Arzt holen wollte. Schwierig in der Mittagszeit. Und als ihr draußen auf dem Flur der neue Pfarrer begegnete, bat sie ihn um Hilfe.

Kaum korrekt vom konfessionellen Standpunkt aus. Doch das zählte nicht in der Eile. Und er, ohne lange zu fragen, ob ein evangelischer Koller katholisch beruhigt werden dürfe, eilte ans Bett der immer noch schreienden Patientin, strich ihr tröstend über die Stirn, nannte den Glückwunschbrief abstrus und empfahl Mutter und Kind der Liebe Gottes.

Angelika Rooses Geschrei löste sich in einem langen Seufzer und verstummte.

»Abstrus?«, fragte sie verwundert. »Ja, genau, so ist es. Warum habe ich das eigentlich nicht von allein gemerkt?«

»Nächstes Mal.« Schwester Guda lachte. »Sie sind ja noch jung, Sie kriegen bestimmt noch mehr Kinder«, worauf er, von dem Lachen alarmiert, die Nonne an seiner Seite zum ersten Mal näher betrachtete und möglicherweise sogleich anfing, die Gedanken in verbotene Richtungen wandern zu lassen.

Das jedenfalls meinte die altgewordene Guda, als sie mir diese Episode erzählte, lachend, übermütig wie die Junge von ehedem, beflügelt durch den Wein vermutlich oder in Erinnerung an die Wunderheilung der Angelika Roose und wie daraus ihre eigene Geschichte geworden war. Denn der eben noch fremde Pfarrer Ludger hatte sich nach dem guten Ende seiner Mission noch einmal an sie gewandt, jener magische Moment, in dem die Augen sich trafen und nicht wieder trennen konnten.

»Liebe auf den ersten Blick«, sagte sie, ehe der Nachtwind uns von der Terrasse ins Haus trieb. »Jeder sah die Gedanken des anderen, unmöglich, sich zu wehren, und warum auch, alles war ganz selbstverständlich, kein Zögern nötig und nichts zu bereuen.« Was ich ihr Wort für Wort glaubte, so ungebrochen, wie sie da saß mit der weißen Haube und im Gesicht immer noch den Stolz darauf, dass sie, nachdem man das sündige Treiben in einer Abstellkammer des Marienhospitals entdeckt hatte, ohne Scham und Kleinmütigkeit vor die Äbtissin getreten war, entschlossen, sich und ihrem Gott treu zu bleiben: Ja, sie habe verstoßen gegen die Gebote der Kirche, aber keinesfalls gegen ihn, der die Liebe als Quelle des Lebens geschaffen habe und sein eigenes Werk nie verleugnen oder gar verdammen würde. Und weil dies jetzt ihr fester Glaube sei, müsse sie das Kloster verlassen, ja, dabei bleibe es, und keine Bitte um Gnade oder Absolution. Nichts dergleichen, sie wolle nur gehen, und wenn sie weine, dann über den Verlust einiger Schwestern hier im Haus und der Heimat, die es ihr so lange gewesen sei. Doch auch daran lasse sich nichts ändern, alles habe nun mal seinen Preis.

Der Preis für sie, auch das hörte ich in dieser Nacht, war hoch gewesen: vom Verlust jeglicher Sicherheit abgesehen noch das Entsetzen der Familie, dazu die Schande, aus den Listen der Ehrbaren gestrichen zu werden, und, am bittersten, Ludger Niemanns Entscheidung, sich weder von der Kirche noch von Guda zu trennen. Man hatte ihn des Skandals wegen in die nördliche Heide verbannt, und so, um wenigstens in seiner Nähe zu bleiben, war sie, mit etwas Geld vom älteren Bruder in der Tasche und ihrer makellosen Haube auf dem Kopf, ebenfalls nach Norden abgewandert, keine Ehefrau, sondern die heimliche Liebschaft eines Priesters und fürs tägliche Brot Privatpflegerin, wohnhaft bei Hamburg. Mühselig zunächst, dicht am Rand des Hungers. Aber von Anfang an hatte man sie weitergereicht, Schwester Guda, kompetent, verlässlich, ein Fels in der Brandung von Krankheit und Tod, der Hunger schon bald kein Thema mehr, und nein, nichts zu beklagen, sie habe sich arrangiert.

Arrangiert, ein banales Wort, gemessen an der Brisanz ihrer Geschichte, von der sie sich trotz meiner Müdigkeit auch drinnen im Haus noch nicht lösen mochte. Der Abend sei so schön gewesen, sagte sie entschuldigend, sehr schön, und noch nie habe sie sich einem fremden Menschen so vorbehaltlos anvertraut, »sicher deshalb, weil Sie mir gar nicht mehr fremd vorkamen, Frau Nora.« Und obwohl ihre Stimme anders klang als sonst, beinahe liebevoll, versuchte ich noch einmal, diese pingelige Titulierung aus der Welt zu schaffen, Nora bitte, Nora genüge, schließlich würde ich sie ja auch beim Vornamen nennen. Ein Argument freilich, das in gewohnter Strenge zurückgewiesen wurde, weil, was den Respekt betreffe, die Anrede »Schwester Guda« ihrer Meinung nach durchaus der »Frau Nora« gleichzusetzen sei, es also nichts zu bemängeln gebe, und nun müsse wohl endlich der Herr Professor versorgt werden.

Sie nickte mir zu, freundlich, sogar ein Bedauern im Blick. Doch mein Ansinnen, Pierre ebenfalls gute Nacht sagen zu dürfen, nur heute noch, zum letzten Mal, brachte erneut Schärfe in den Disput.

»Ist es denn so schwer zu begreifen«, fragte sie, »dass ich, wenn man mich weiter bedrängt, gehen werde?«, und dann: »Wäre Ihnen das wirklich egal?«

Die Stimme hatte sich schon wieder verändert. Ein Kloß, dachte ich, sie hat einen Kloß im Hals, und nein, es war mir nicht egal, ob sie bleiben oder gehen würde, nein, überhaupt nicht egal, bitte lassen Sie mich nicht im Stich.

Die erste Niederlage während der Zeit unter Schwester Gudas wachsamen Augen, die erste von vielen. Dabei war es ja gut, jemanden wie sie zu haben im Schwanken zwischen Schuldgefühlen auf der einen und dem Vergnügen an meiner Arbeit auf der anderen Seite. Eine Art Mutterfigur, die vielleicht am ehesten weiß, was richtig ist oder falsch, so lange man es nötig hat.

An diesem Abend indessen, mit Pierre im Haus und müde von dem turbulenten Tag, legte ich mich hin und schlief. Nur kurz allerdings, weil er mir mit den Lippen übers Gesicht strich und »Nora« flüsterte, wie früher, wenn er spät nach Hause kam, aus dem Institut, von einer Reise, einem Vortrag oder was immer sonst ihn festzuhalten pflegte. »Nora, schläfst du schon?«

Immer die gleichen Worte und nun noch einmal das alte Ritual, die Zärtlichkeit seiner Lippen und Hände. Nur ein Traum. Und dennoch, in der unterschwelligen Gewissheit, dass er mir womöglich eine Botschaft schicken wollte, ein lautloses Signal aus dem Off, schlich ich die Treppe hinunter, an Schwester Gudas Tür vorbei, in sein Zimmer.

Pierre lag auf dem Rücken, das Gesicht im Dämmer der Nachtlampe wie gemeißelt. Ich beugte mich über ihn, er öffnete die Augen, leblose Pupillen, kein Funke darin.

»Pierre«, sagte ich laut und so deutlich, als könnte doch noch zu ihm dringen, weshalb ich von nun an nicht mehr neben seinem Bett sitzen würde, »meine Schreiberei, Pierre, meine Geschichten im goldenen Rahmen, das kennst du doch, das war doch immer so.«

Der röchelnde Atem, Schlafgeräusche, und warum sollte er sich in seiner Abgeschiedenheit ausgerechnet daran erinnern, wie häufig wir auch in guten Zeiten schon getrennt unterwegs gewesen waren. Zusammen ein Haus, zusammen ein Bett, zusammen am Tisch gesessen, Freunde dazugeholt, hierhin und dorthin gegangen, das ja. Aber die Arbeit mit ihren vielen Facetten hatte schon damals jeder ohne den anderen bewältigen müssen: Pierre im elitären Geflecht seiner Physik und ich unter dem Diktat der Sendungen, die mich auf Trab hielten oder eher bei Laune, wie er spöttelte, wenn mir Termine im Nacken saßen, »nur zu, lass dich nicht stören, und viel Vergnügen mit deinen Ladys.«

Jedes Mal ein kleiner Stich, selbst jetzt noch in der Erinnerung. Aber er hatte ja recht gehabt, es war ein Vergnügen gewesen, die Schreiberei, das ganze Drumherum, und alles außerdem so selbstverständlich. Er hatte seins, ich hatte meins, und als Klammer darüber wir beide. Nun war die Einheit zerstört, und obwohl der Schmerz nicht schweigen wollte, spürte ich wie früher das leichte Zittern der Vorfreude bei dem Gedanken, wieder Worte und Sätze aufs Papier zu bringen, in der Stille meines Zimmers, jenseits der Außenwelt.

Pierre, meine Außenwelt von nun an.

War es richtig? War es falsch? Ich wusste es nicht. Aber da es so war, wie es war, und nicht zu ändern, war es vielleicht gut, dass er schlief und weiterschlafen würde, während ich, hinter dem Schreibtisch verschanzt, mich selbst wiederzufinden versuchen sollte. Versuchen ist besser als Versäumen, hatte Schwester Guda gesagt. Vielleicht hatte sie recht. Vielleicht. Vielleicht. Vielleicht.

Ich beugte mich noch einmal über ihn, gute Nacht, Pierre, gute Nacht, und ging zurück in den zweiten

Stock, wo ich mir jetzt das Arbeitszimmer eingerichtet hatte, das Schlafzimmer und eine Art Teeküche, um damit auch die räumliche Trennung zwischen ihm und mir zu zementieren. Mein Asyl bis März, dem Ende der Isolation, falls er dann noch am Leben sein sollte, eine Bemerkung, die Schwester Guda unangemessen nannte. Selbst mit einer solchen Hirnschädigung, hatte sie mir erklärt, könne der Organismus noch jahrelang funktionieren, länger manchmal als ein angeblich gesunder, »und wo immer Sie sitzen, hier unten neben seinem Bett oder eine Treppe höher, alles, was kommt, liegt in Gottes Hand. Darauf müssen Sie vertrauen, Frau Nora, und sechs Monate sind schnell vorbei.«

Sechs Monate, eine lange, eine kurze Zeit, so oder so, schwer zu sagen in diesem Fall. Denn schon im Januar, acht Wochen vor Ablauf der Frist, stand Moorwede an meiner Tür, überraschend, aber im richtigen Moment.

Mitte September, vor Pierres Entlassung aus dem Krankenhaus, war er mir zum letzten Mal begegnet, weiß bekittelt wie immer, abgesehen vom Tag des Unfalls, als er, noch in der grünen Montur des Chirurgen, mir unmittelbar nach der Operation gesagt hatte, dass Pierre am Leben sei.

Ihr Mann lebt, die drei ersten, nie vergessenen Worte während der schier endlosen Phase unserer verbalen Beziehung. Doch nun, in seinem Kamelhaarmantel und der dunkelblauen Lotsenmütze dazu, mit Stickerei am Steg und einem blanken Schild über der Stirn, kam er mir vor wie ein Fremder, der nach dem Weg fragen wollte, bis ich mit einer geradezu verrückten Freude begriff, dass es Moorwede war. Moorwede, Herr über Leben und Tod in Eppendorf, so lange, mein Gott, so höllisch lange, und jetzt dieses absurde Glücksgefühl, warum jetzt, warum und wieso. Ich wusste es nicht. Aber rückblickend ließe sich sagen: Vermutlich, weil ich es nötig hatte nach den Monaten dort oben im zweiten Stock.

Nur vier etwa, kalendarisch betrachtet, vom Gefühl her jedoch weitaus mehr, schon allein angesichts der neuen Folgen meiner Sendereihe über die Ladys im goldenen Rahmen, die währenddessen entstanden waren, sehr zur Freude der Redaktion. Und auch gut für mich, wie ich anfangs glaubte, in der Hoffnung vielleicht, dabei der Vergangenheit wiederzubegegnen, einem Echo aus jener Zeit, als meine Arbeit und das gemeinsame Leben mit Pierre hier am Rand der Heide noch zwei gleichgewichtige Teile eines Ganzen gewesen waren, keins denkbar ohne das andere. Wie auf der Wippe, wo, wenn ein Ende des Balkens plötzlich leer in die Luft ragt, jegliche Bewegung zu erstarren scheint.

Erstarren, genau die richtige Bezeichnung auch für den Zustand, in den ich mich durch das gehorsame Abnicken von Schwester Gudas Plan zur Rettung meiner Schreiberei hatte treiben lassen. Sie waren mir doch vertraut, die Tücken des gestörten Gleichgewichts, längst vertraut auf schreckliche Weise, und illusorisch, anzunehmen, Berge von beschriebenem Papier könnten mich vor ihnen schützen.

Aber ein Wunder andererseits, wie früher Worte, Sätze, Dialoge aus dem Nichts holen zu dürfen, stundenlang, und, als hätte es nie eine Zäsur gegeben, den gewohnten Rhythmus wiederzufinden, den Wechsel zwischen konzentrierter Arbeit am Schreibtisch und Atemholen draußen auf den Heidewegen, wo die Ideen klar und durchsichtig wurden.

Am erstaunlichsten jedoch, fast unheimlich sogar, dass ich, nur einige Treppenstufen von Pierre entfernt, nicht einmal in Gedanken ständig an sein Bett laufen wollte, sondern lieber bei meinen Geschichten blieb, um die gemalten Damen mit ihrem Ewigkeitslächeln noch einmal lebendig werden zu lassen in meiner, wie es hieß, ganz eigenen Nora-Lohring-Mischung. Etwas wie ein Taumel, der mich von Wort zu Wort drängte, meistens noch über die Grenze der Zwanzig-Uhr-Nachrichten hinaus.

»Später vielleicht«, sagte ich, wenn Schwester Guda zum Essen rief, »sonst reißt der Faden«, und auch Renate Mussak konnte mich nicht mehr vor mir selber retten, seitdem Robert sich entschlossen hatte, an die Universität von Massachusetts zu wechseln, ein Ereignis, das ihr den Atem nahm. Ohne Frage würde sie mit ihm nach Amerika gehen, davor schon Land und Leute dort erkunden, Häuser besichtigen, passende Schulen für die Zwillinge, so war es nun mal, und ich hatte ja die Ladys.

Doch dann, während eine Woche die nächste jagte,

spürte ich bei einem meiner Versuche, spät abends vor dem Fernseher ruhiger zu werden, plötzlich die Leere rundherum. Ein sonderbar lebloses, glasiges Gefühl, das von nun an, sobald der letzte Satz des Tages geschrieben war, in mich hineinkroch und zu rotieren begann, die Gedanken und den Schlaf durchlöcherte und sich erst morgens am Schreibtisch wieder verlor, kurzfristig, ohne Gewähr.

Der Schreibtisch, kein Bollwerk mehr gegen die Leere, die Einsamkeit oder wie man es nennen will, was sich da in mir einzunisten begann. Als Buße möglicherweise, dachte ich, weil aus dem anfänglichen Motiv, Pierres Pflege finanzieren zu müssen, schon so bald die Lust an der Arbeit geworden war, die alte Lust, nur eher zu meinem statt zu seinem Wohl, und strafbar plötzlich, Futter für das schlechte Gewissen.

Aber es gab keine Lösung, es war, wie es war. Ich musste damit leben, entweder neben Pierre verdorren oder immer tiefer versinken in diesem schwarzen, leeren Loch, das sich nicht füllen lassen wollte von goldgerahmten, längst vermoderten Frauen mitsamt den hübsch ausgedachten Storys als Zugabe. Und was lebendige Menschen anbelangte, die Redakteure etwa, nun wieder meine Partner bei dem Sender, nette Leute durchaus, so hatte ich nach dem Unfall auch ihre Anteilnahme derart rigoros abgeschmettert, dass kein halbwegs normaler Kontakt mehr möglich schien. Alles nur beiläufig und unverbindlich, ohne irgendwelche Emotionen, und als mir beim Stöbern in Pierres früherem Schreibtisch plötzlich der mit ANNIKA beschriftete Umschlag vor die Augen kam, glaubte ich, es sei eine Sternschnuppe vom Himmel gefallen.

Ich solle Geld nach Berlin schicken, hatte er mir kurz vor seinem zweiten Kollaps noch mitteilen wollen, Geld für Annika, ein hilfloses Stammeln, in dem alles, was nötig gewesen wäre, um diesen Wunsch zu erfüllen, unterging. Name der Mutter, Adressen, Telefonnummern, Ort der Geburt, nichts vorhanden, auch niemand greifbar, der mir weiterhelfen konnte, weder in unserer Hamburger Bank noch bei den Berliner Behörden. Wie auch, es ging ja nur um ein Kind, dessen Existenz ich nicht nachweisen konnte, Annika irgendwo nirgendwo, und so, nachdem Pierre endgültig im Nirwana abgetaucht war, beschloss ich, die Suche nach ihr abzubrechen.

Schweren Herzens, denn inzwischen hatte sich die Hoffnung, Pierres Tochter doch noch ausfindig zu machen, sie zu sehen, vielleicht sogar in den Arm nehmen zu dürfen, erneut bei mir festgesetzt, vergeblich, wie ich gerade wieder glauben wollte, endgültig, für immer. Doch nun, kaum zu fassen, war sie auferstanden, vermittels jenes braunen DIN-A4-Kuverts, das sich bis jetzt unter einer irgendwann Laura zugedachten Käthe-Kruse-Puppe verkrochen hatte, mitsamt allen erforderlichen Fakten von Annika und ihrer Mutter Dr. rer. nat. Marlene Trisse. Ein Stapel Formulare, Urkunden, Bescheinigungen, der nun auf unserem Einbeeker Esstisch lag, nur das Konto für die Alimente fehlte. Vermutlich hatte Pierre sie jedes Mal bar abgeliefert.

In der Tat eine Sternschnuppe, dieser Fund, umglänzt von der Aura, dass Wünsche wahr werden können: Wärme, Annikas Hand in meiner, ein Kind um mich herum, Pierres Kind, das ich nun statt seiner umsorgen durfte hin und wieder, umsorgen, behüten, verwöhnen, in den Zoo begleiten, ins Marionettentheater, ihm Geschichten vorlesen und die Natur erklären, von mir aus auch die Mutter dabei, ja, warum nicht.

Vögel, die morgens singen … Ich griff zum Telefon, wählte die Berliner Nummer und bemühte mich, der überraschten Frau Trisse am anderen Ende der Leitung zu erklären, weshalb dieser Anruf sie erst nach so langer Zeit erreiche, was ihr weder verständlich noch akzeptabel zu sein schien, genauso wenig wie meine Verwunderung darüber, dass sie, mit Pierres Haus- und Telefonnummer in der Tasche, nie nach ihm und dem Verbleib des Geldes geforscht habe. Ein Ringelspiel aus Fragen und Antworten, bis ich mich schließlich unter dem Vorwand, ohnehin für einige Tage nach Berlin fahren zu müssen, erkundigte, ob sich dabei nicht auch unser Problem in einem direkten Gespräch regeln ließe.

»Ja, selbstverständlich, und gern bei mir zu Hause«, sagte sie erstaunlicherweise, verhielt sich jedoch ausgesprochen ablehnend, als ich ihr an dem vereinbarten

Tag noch einmal den Unfall und die damit verbundenen Schwierigkeiten erklären wollte. Wozu die vielen Worte, sie wisse Bescheid, habe auch keinerlei Absicht gehabt, ihn finanziell zu bedrängen. Zwei Jahre indessen, das komme ihr nun doch ziemlich lange vor.

»Sein Leiden wird noch länger dauern«, sagte ich. »Mein Mann ist ein absoluter Pflegefall, für immer vermutlich. Aber natürlich bin ich bereit, seine Verpflichtungen zu übernehmen. Gibt es eine schriftliche Vereinbarung über die Höhe des Unterhalts?«

»Nein«, unterbrach sie mich wieder, »so etwas war bei Pierre und mir nicht erforderlich. Es geht auch weniger darum, sondern vor allem um die Rechte unserer Tochter im Fall seines Todes. Mein Anwalt wird sich mit Ihnen in Verbindung setzen, um diese Dinge zu klären«, worauf ich ihr empfahl, sich deswegen doch lieber an eine höhere Instanz zu wenden, die allein wisse den Tag und die Stunde. Ich dagegen könne ihr nur die Alimente überweisen und bäte deshalb nochmals um die nötigen Informationen, sonst müsse man wohl das Jugendamt einschalten. Und nun würde ich gern das Kind kennenlernen.

Die Frau starrte mich an. Ihre blauen Augen bohrten sich in meine, sehr blau, sehr kalt, mit einem metallischen Glitzern darin. Es bereitete mir Unbehagen, und kaum anzunehmen, dass jemand wie Pierre zu einer solchen Person übergelaufen wäre. Kein Grund für meine Eifersucht, den Argwohn, die ganze Tragödie. Ich hätte uns so vieles ersparen können.

Doch nun war sie da, rief, »wo bleibst du denn?«,

und wie auf ein Signal kam ihre Tochter angerannt, Annika mit Pierres Augen, in der Form jedenfalls und der Farbe. Nur das Glitzern darin hatte ihr die Mutter vermacht, auch die Art, mich anzusehen, den Kopf leicht seitwärts geneigt, abwägend, ohne Lächeln.

»Hallo, Annika.« Mit der Puppe in der Hand ging ich auf sie zu. »Wie schön, dass wir uns endlich mal treffen, und die Steffi hier, die möchte gern bei dir bleiben«, freundliche Worte, die richtigen, denn sie hob die Hände. Doch dann geriet die Bewegung ins Stocken. Die Arme pressten sich an die Hüften, der Körper erstarrte, »lass mich«, sagte die Kleinmädchenstimme, »du bist böse, du willst uns meinen Papa stehlen, von dir nehme ich nichts, geh weg.«

Pierres Annika, gefunden und verloren in einem Atemzug. Ich dachte, dass ich nun trauern müsste. Aber die Tränen kamen nicht. Da stand sie in dem mütterlichen Panzer, meilenweit entfernt, ein fremdes Kind, was hatte es mit mir zu tun. Ich legte Lauras Käthe-Kruse-Puppe in ihren Karton zurück, den Karton auf einen Sessel und fuhr von Berlin wieder nach Einbeek, zu Schwester Guda, die mein Essen in meiner Küche kochte und von meinem Mann sprach, als ob er ihr gehörte, er und das Haus und alles, was meins war.

Unsinn natürlich, ich wusste es. Aber darum ging es nicht. Es ging um das Leben, das mir abhandenzukommen drohte, das wirkliche Leben und meine Sehnsucht danach, die Ursache, kann sein, für das absurde Glücksgefühl, als Moorwede, mein Weggefährte durch die Eppendorfer Hölle, vor der Tür stand und fragte, ob er Pierre besuchen dürfe.

Nicht in dieser Verkürzung freilich, sondern wortreich und gewunden. »Würden Sie mir gestatten, noch einmal meinen früheren Patienten zu sehen?«, so etwa und sehr komisch für ihn, wie ich fand, auch deshalb wohl, weil mir gleichzeitig die Mütze ins Auge fiel. Moorwede und seine Lotsenmütze, komisch in der Tat. Ich musste lachen, ein hysterisches Gelächter ganz gegen meinen Willen, in dem sich alles, was mich bewegte in diesem entscheidenden Moment, bündelte und entlud, ungebremst, bis Schwester Guda auf der Treppe erschien, »Herr Professor« rief, »Herr Professor, was ist denn passiert?«, und ihn mitnahm zu Pierre.

Der turbulente Anfang eines neuen Kapitels, das sich später in meinem Arbeitszimmer weiterentwickelte, zunächst um Pierres allgemeine Verfassung herum, die Moorwede als Stillstand bezeichnete. Ein absoluter, offenbar kaum noch reversibler Stillstand, dem sogenannten Wachkoma, wie ja schon in Eppendorf vermutet, nicht unähnlich. Oder ob mir etwas Gegenteiliges aufgefallen sei, irgendwelche Veränderungen, winzige Fortschritte vielleicht.

»Mir?«, fragte ich, »wieso mir?«, sah sein Erstaunen und begriff, dass er weder meine Isolierung hier im Haus noch die anderen Bedingungen unter Schwester Gudas strenger Regie kannte, sondern allenfalls die

Idee, mich mittels dieser oder jener Methode wieder an den Schreibtisch zu bringen. Eine gute Idee, wie er meinte, was mir dermaßen ins Gemüt fuhr, dass ich anfing, ihm die Folgen zu schildern, meine atemlose Arbeit, die Flucht vor dem wirklichen Leben, den Absturz ins Leere, die Angst, mich darin total zu verlieren. Ein zwanghafter, rotierender Redefluss, bis Moorwede sich dagegenstemmte, genug, es sei genug, alles gesagt, alles angekommen, und ein Glück, dass ich es ausgespuckt hätte, statt daran zu ersticken. Aber jetzt sollten wir uns um das Leben kümmern und in Hamburg essen gehen, »einverstanden?«.

Er zog bereits seinen Mantel an, sodass ich nickte, erleichtert zwar, aber immer noch durcheinander nach der zweiten hysterischen Attacke an diesem Tag. Erst die Lach-, dann die Wortkaskaden, und wer weiß, wie der Abend verlaufen wäre, wenn Moorwede nicht gerade jetzt nach der Mütze gegriffen hätte, seiner unsäglichen Lotsenmütze mit der Eichenlaubstickerei, über die ich nun schon wieder lachen musste.

»Was amüsiert Sie denn so?«, wollte er wissen und tippte, als ich mich albern nannte, mit dem Zeigefinger gegen den blanken Schirm. »Liegt es etwa an der? Nicht gerade optimal, ich weiß. Aber ist es wirklich so schlimm?«

»Eigentlich ja«, sagte ich. »Vielleicht wäre ein Hut besser für Sie«, wogegen er laut protestierte, bloß nicht, ein Hut wäre noch schlimmer, und außerdem besitze er auch keinen.

Man könnte so etwas kaufen, schlug ich vor, erst recht

zu seinem Schrecken, nein, auf keinen Fall, und allein schaffe er es ohnehin nicht, sodass wir, nach meinem Angebot, ihm dabei zu helfen, mit seinem Wagen in die Hamburger Innenstadt fuhren, wo er sich zu einem Exemplar aus bräunlichem Wollfilz überreden ließ, weich und lässig, durchaus das Richtige für den Eppendorfer Moorwede.

»Wirklich?«, fragte er. »Nicht mehr komisch? Und würden Sie so mit mir essen gehen?«

Wir standen vor dem Spiegel, nebeneinander, er ein ganzes Stück größer als ich, und wenn ich noch etwas komisch fand, dann allenfalls, dass wir zusammen einen Hut gekauft hatten, kaum denkbar damals in der Klinik.

»Ach ja?«, sagte er zu meinem Spiegelbild. »Für mich eigentlich nicht. Ich habe mir auch früher schon eine ganze Menge denken können. Zum Beispiel, dass ich Sie Nora nennen dürfte. Nora, ein schöner Name. Ich habe es mir so lange gewünscht. Was halten Sie davon?«

Irgendetwas in seiner Stimme brachte mich aus dem Konzept, und statt ganz beiläufig »ja« zu sagen, »ja, von mir aus«, erklärte ich, das gehe nicht Knall auf Fall, das brauche Zeit, bei mir jedenfalls.

Er zuckte mit den Schultern, ein paar Tage mehr oder weniger zählten nicht, hob aber im Hafenrestaurant, wo wir durchs Fenster die Schiffe draußen auf der Elbe entlangziehen sahen, sein Glas, »einverstanden? Ich heiße Leo, und von wegen Knall auf Fall, wenn man bedenkt, wie oft wir schon aneinander vorbeigelaufen sind und viel lieber mal stehen geblieben wären. Ich wenigstens und Sie auch, ganz bestimmt, oder warum wohl wollten Sie ausgerechnet bei mir Ihre angestaute Misere abladen, bei mir, sonst nirgends?«, eine Frage, die sich auch so schnell nicht beantworten ließ. Ohne Belang indessen, denn er grub noch mehr von unserer Eppendorfer Vergangenheit aus, dieses und jenes, kam dann aber zu dem zentralen Punkt, nämlich wie sehr er damals vor den Abendvisiten gehofft hätte, mich zu treffen, Hoffnungen ins Leere hinein selbstredend, was sonst. Er, der Arzt, und ich, die Frau seines Patienten, absolut unmöglich hier im Haus. Und trotzdem, wann immer wir uns begegnet wären, hätte er zu spüren geglaubt, dass meine und seine Gedanken sich kreuzten, nicht nur ein vages, sondern ganz und gar sicheres Gefühl. Und nun, auch auf die Gefahr hin, sich lächerlich zu machen, wollte er wissen, ob es wirklich so gewesen wäre, auch für mich, Frau Lohring in ihrem Gehäuse.

Was sollte man dazu sagen? Er saß mir gegenüber, das spezielle Lächeln im Gesicht, und ich dachte an seine vergebliche Bitte, in der Silvesternacht ein Glas Champagner mit ihm zu trinken, und wie er während des endlosen Aprilregens etwas von Rom vor sich hin gemurmelt hatte, »in Rom scheint die Sonne, eine knappe Flugstunde, schon wäre man da«, lauter Winke mit dem Zaunpfahl, die an den Mauern um mich herum scheiterten. Und dann die verrückte Geschichte am Ende des Komas, als ich von Pierre zu träumen begann und plötzlich Moorwede neben mir lag. Moorwede ohne weißen Kittel, nur die nackte Haut, immer wieder, nie genug davon, bis ein Blitz einschlug und alles zu Asche werden ließ, den Traum und die Erinnerung daran.

Doch nun waren sie wieder da, die Bilder, zusammen mit ihm, der wissen wollte, ob ich etwas Ähnliches wie er gespürt hätte bei den Visiten in Eppendorf.

War es so?

»Ja, manchmal«, sagte ich. »Aber nur ansatzweise, bruchstückhaft, Frau Lohring im Gehäuse.«

»Und jetzt?«, fragte er, und ich, mit dem Gefühl, dass die Mauern sich aufgelöst hätten, griff nach meinem Glas, »jetzt heiße ich Nora.«

Es war spät, als wir das Restaurant verließen, die Straßenlampen trübe im Dunst, nur noch wenige Lichter auf der schwarzen Elbe. Wir standen am Ufer, ein Schiff schob sich heran, rundum erleuchtet, mit tanzenden Paaren in den Salons. Fragmente einer Melodie wehten herüber, ich legte den Kopf an seine Schulter, hörte, wie er »auch das habe ich mir schon lange gewünscht« murmelte, und hätte beinahe dasselbe gesagt. Beinahe. Denn eindeutig waren meine Wünsche ja nie gewesen, nur immer diffus, jenseits der Wirklichkeit, somewhere over the rainbow oder dergleichen.

Leo hielt mich fest, und durch die neblige Nacht fuhren wir in seine Wohnung dicht beim Klinikum, eine mir vertraute Gegend seit meinen vielen Wegen zu Pierre und wieder zurück nach Einbeek, an Häusern vorbei, die mich kannten.

Pierres Straßen, aus denen nun Moorwedes werden sollten. Ließ sich so etwas machen?

Nein, beschworen mich die Häuser, und »ja, denn auch du wirst eine andere werden«, sagte Leo, als wir am nächsten Morgen zum ersten Mal nebeneinander aufwachten, in dem breiten Bett, das bisher niemand mit ihm geteilt hatte nach dem Verschwinden seiner Frau, die plötzlich davongelaufen war. Hals über Kopf, weil er, so ihre Abschiedsworte, in erster Linie mit einem Skalpell verheiratet sei und sie keine Lust habe, noch weiter die Nummer zwei zu spielen.

Ein Schock für ihn offensichtlich, vor allem, weil es wohl stimmte, von ihr aus gesehen zumindest. Aber nicht nur seine Schuld, sagte er. Trotz der rosaroten Brillen des Anfangs hätte sie doch wissen müssen, dass jemand wie er nicht zum Alleinunterhalter tauge, und um solche Desaster in Zukunft zu vermeiden, sei das Schlafzimmer bis jetzt absolut tabu gewesen.

»Total?«, fragte ich, und, nein, sagte er, wieso denn, Betten gebe es schließlich auch anderswo. Und dass er nun alle Vorbehalte hinter sich gelassen habe, hänge auch mit unseren Gesprächen in Eppendorf zusammen, besonders dem ersten über diese skandalöse Lady, deren Name ihm abhandengekommen sei.

»Commery«, sagte ich, »Lady Margaret Commery.«

Er nickte, ja, Commery. Damals jedenfalls habe er gespürt, dass mir meine Arbeit am Schreibtisch genauso viel bedeute wie ihm die mit dem berüchtigten Skalpell, etwas, wovon man sich nur trennen könne, wenn noch Wichtigeres auf dem Spiel stehe. Lady Commery, doch, das sei der Anfang gewesen, die Initialzündung gewissermaßen.

Da lag er und sah mich an, lächelnd, entspannt, einer, der seiner Sache sicher ist.

»Und jetzt?«, fragte ich irritiert. »Beginnt jetzt unsere Probezeit?«

»Unsere?« Er schüttelte den Kopf. »Nein, meine. Ich kenne dich ziemlich genau. Aber du musst noch lernen, worauf du dich einlässt, selbst wenn ich danach wieder allein hier im Bett liegen müsste.«

»Moorwede«, wollte ich sagen, »du bist ein komischer Vogel, aber trotzdem, ich liebe dich«, kam allerdings nicht über das Trotzdem hinaus, weil er mir mit »Leo, nenn mich Leo« ins Wort fiel, zum Glück, denn wer weiß, wozu ich mich sonst noch hätte hinreißen lassen in diesem Augenblick. Also lachte ich nur, »ja, Leo natürlich. Ganz klar, das gehört auch noch ins Programm. Mal sehen, was dabei herauskommt.«

Später jedoch, auf dem Weg zum Bahnhof, kaufte ich ein kleines Kopfkissen für ihn und ließ unsere miteinander verschlungenen Initialen in den Bezug sticken, L und N. Vielleicht albern für einen wie ihn. Aber egal. Er hieß jetzt Leo, und warum sollte nicht auch Leo noch dies oder jenes dazulernen.

In der Einbeeker Diele wurde ich von Schwester Guda empfangen, vorwurfsvoll und erleichtert in einem Atemzug. Sie habe sich Sorgen gemacht, und nächstes Mal, wenn ich nicht nach Hause zu kommen beabsichtige, möge ich es doch bitte mitteilen, das sei ja eigentlich selbstverständlich.

Da stand sie, die Haube über der Stirn bebte, und »nein« sagte ich, »absolut nein. Ich habe Sie meines Mannes wegen ins Haus geholt und bin froh, dass Sie da sind. Über mich indessen und mein Tun und Lassen und vor allem über den Umgang mit ihm werde ich von nun an wieder allein bestimmen. Nicht, soweit es die Pflege betrifft. Aber wann ich ihn sehen, bei ihm sein und mit ihm reden will, darum geht es. Er muss spüren, dass es mich noch gibt.«

Eine regelrechte Ansprache, und Schwester Gudas Stimme begann zu zittern, »Unsinn. Sie wissen ja, wie unerreichbar er jetzt ist, im Nichts sozusagen.« Aber auch, wenn sie recht habe, erklärte ich aufgebracht, selbst dann würde ich immer wieder versuchen, ihm eine Botschaft von mir dort- oder sonst wohin zu schicken, egal, was andere davon hielten.

Sie zuckte zusammen, »und Ihre Arbeit? Ihre Geschichten? War denn der ganze Plan umsonst?«

Es klang so verstört, dass sie mir leidtat. Die Arbeit jedoch, sagte ich trotzdem, die Schreiberei mitsamt dem Drumherum dürfe ebenfalls nur meine Sache sein, alles andere habe mich in die Irre geführt. Aber nicht ihre Schuld, bestimmt nicht. Und außerdem: Wo immer das Unglück sich einniste, finde irgendwann auch das Glück wieder seinen Platz, darauf sollten wir demnächst mal ein Glas trinken. Auf den neuen Anfang, auf das Glück im Unglück, und wenn sie sich weiterhin um Pierre kümmern wolle, wäre das ein Extraglück für mich und einen Extraschluck wert.

Schwester Guda sah mich an, ihr besonderer Blick, der die Dinge zu durchschauen schien, und holte ein geradezu spitzbübisches Lächeln in ihr Gesicht. »Extraglück und Extraschluck, schön, wie Sie das sagen, ja, sehr schön. Aber eigentlich wünsche ich Ihnen noch ein anderes Glück als immer nur den Schreibtisch und das Nichts. Oder haben Sie es womöglich schon gefunden? Das würde mich freuen und unseren Patienten sicherlich auch, falls er sich noch freuen könnte. Gehen Sie zu ihm, Sie werden schon alles richtig machen.«

Pierre lag auf dem Rücken, die Augen weit geöffnet und die Hände gefaltet, das gleiche Bild wie damals, als ich geglaubt hatte, mich in die Isolation flüchten zu müssen, vergeblich, und nun war Moorwede da.

»Moorwede«, murmelte ich in die Stille hinein, »der Eppendorfer Arzt, erinnerst du dich? Er ist jetzt Leo für mich, und ich bin diese Nacht bei ihm geblieben. Doch mit dir hat das nichts zu tun. Du und ich, das bleibt ein Teil von mir, und was auch passiert, du wirst immer dazugehören. Verrückt, ich weiß. Aber Liebe, hast du mal gesagt, muss ein bisschen verrückt sein, sonst ist es keine, und vielleicht stimmt das.«

Pierre röchelte vor sich hin, Schlafgeräusche. Seine Augen hatten sich wieder geschlossen, nur ich allein hörte mir zu. Ein Selbstgespräch, unterfüttert von Wunschdenken und Schuldbewusstsein, und ohne solche Gefühle, meinte Leo, käme man wohl kaum über die Runden in einer Welt, wo der Boden immer wieder ins Wanken gerate.

»Es geht hier nicht um die Welt«, sagte ich, und er nickte, »ja, genau, es geht um uns. Aber du und ich, wir haben unsere Entscheidung getroffen, damit müssen wir leben. Es ist, wie es ist, hör auf, dein Gewissen zu strapazieren. Wir wollen ja nicht viel, nicht die Taube auf dem Dach, nur ein Minimum an Glück. Das dürfen wir haben, inklusive der Löcher in der Seele, und solange du min Leevsten bist ...«

Sein trauriges Lächeln. »Ach, Moorwede«, sagte ich, »was sonst«, und er nahm mich in die Arme, »lass nur, ich weiß, und es ist schon in Ordnung mit unserem seltsamen Trio.«

Schwierig in der Tat, dieses prekäre Glück von einem Jahr ins nächste hinüberzuretten, nur machbar, weil Moorwede auf Kollegen bauen konnte, die für ihn einsprangen, wenn er mehr freie Zeit als bisher brauchte. Stunden, in denen wir durch Geschäfte und Ausstellungen streiften, beim richtigen Wetter auch an der Alster oder am Elbufer saßen, manchmal sogar am Meer. Und abends dann seine Wohnung, wo es nichts geben sollte als uns hier drinnen und draußen vor den Fenstern die Nacht.

Die Zeit allerdings auch, in der Pierre sich einzumischen versuchte, »wo bist du, Nora, wo bleibst du, ich brauche dich.« Eine Stimme aus dem Off kontra Leos

Hier und Heute, »warum denn jetzt schon, er hat doch Guda«, oder sein drängendes »lass ihn los, das ist es, was er braucht«, und ob ich ging, ob ich blieb, alles war richtig und falsch zugleich.

Die nächtlichen Dispute mit Pierre. Aber gelegentlich fuhr er mir auch lautlos in den Schlaf, so wie an dem Julimorgen, als der panische Schrecken, er könne plötzlich gestorben sein, mich aus Leos Bett holte und durch die frühe Dämmerung nach Einbeek trieb. Die übliche Prozedur an sich, diesmal aber unvergesslich, weil damit etwas sehr Besonderes eingeläutet wurde, jenes Rouladen-Essen nämlich, das zu einem Ende führen sollte oder einem Anfang, wie immer man will.

Juli also, noch früher Morgen, als ich nach Hause jagte, wo Schwester Guda mir auf der Treppe entgegenkam.

»Himmel!«, sagte sie konsterniert, »ich habe Einbrecher vermutet«, und, nachdem sie sich gefasst hatte, »was ist denn los, Frau Nora? Angst etwa? Vor mir? Unnötig, das wissen Sie doch inzwischen. Ich habe wegen der Liebe meinen alten Gott hergegeben damals in Osnabrück, und was Gott verzeiht, darf der Mensch nicht verdammen. Eine große Gnade, dass er Ihnen Professor Moorwede geschickt hat, wer will da päpstlicher sein als der Papst.«

»Wovon reden Sie überhaupt?«, fragte ich, und sie griff nach meiner Hand, »keine Sorge, von mir wird nichts auf den Markt getragen. Bringen Sie ihn doch gelegentlich mit zum Abendessen. Ich würde so gern mal wieder für den Herrn Professor kochen.«

Wieder ein Professor, den sie sich offenbar aneignen wollte. Beinahe hätte ich ihr lauthals erklärt, dass dieser hier zu den Tabus im Haus gehöre, beherrschte mich aber, weil sie sich andererseits solche Mühe gab, es mir in meiner Zwickmühle erträglicher zu machen, und ließ irgendwann die Bemerkung fallen, wie sehr Moorwede von ihren Rouladen schwärme. Eine Erinnerung an die Zeit, in der seine Mutter noch gelebt habe, wunderbare Rouladen, bessere, behauptete er, gebe es nicht, sodass wir uns bald darauf zu dritt um den Esstisch versammelten, wo die Guda-Spezialität, mit Speck, Zwiebeln, Apfelstückchen und allerlei Kräutern gefüllt, allein durch ihren Duft die Stimmung lockerte.

Aber auch der Wein tat das Seine, roter Roussillon, von dem wir die ersten Schlucke auf Pierres Wohl tranken. Für unseren lieben Herrn Professor, wo immer er jetzt weilen mag, wie Schwester Guda in ihrer beschwipsten Euphorie auch bei jedem weiteren Glas kundtat, um sich zwischendurch ausgiebig mit Leo und mir zu befassen, unserer hoffentlich dauerhaften Verbindung und dass wir uns nicht mehr verstecken sollten vor ihr, die sich auskenne in diesen Dingen, und wirklich egal, ob Frau Nora abends oder morgens nach Hause komme, der arme Mensch dort oben sei ja sowieso jenseits aller Freuden, und wen sonst gehe es etwas an.

Leo nickte, ja, da habe sie recht, was mich zusätzlich irritierte. Gut, dass die abendliche Pflegehilfe erschien und auf Eile drängte, sehr zu Schwester Gudas Bedauern, schade, so ein schönes Fest und schon vorbei. Aber der Herr Professor könne ja noch bleiben, des reichlichen Weingenusses wegen auch über Nacht von ihr aus, das sei sicher ratsam.

»Danke«, sagte Leo mit einem schrägen Lächeln in meine Richtung, »danke, vielleicht das nächste Mal«, und, nachdem die Tür sich hinter ihr geschlossen hatte, »beruhige dich, morgen ist sie wieder nüchtern und alles wie sonst.«

Es stimmte. Und trotzdem, irgendwann stellte ich fest, dass sich seit der Rouladenparty und Schwester Gudas ausdrücklicher Absegnung dessen, was sie Leos und meine Verbindung genannt hatte, die Dinge zu verändern begannen. Er, so kam es mir vor, war ungeduldiger geworden, sein »bleib doch hier« dringlicher, während meine Reaktionen eher lässiger ausfielen, wenn es um die Ordnung in unserem Dreiersystem ging. Jedenfalls ließ ich mich jetzt leichter als bisher von Leo festhalten, oft bis in den Morgen hinein, und wenn mein Gewissen nach wie vor dagegen revoltierte, war mir immer weniger klar, warum eigentlich. Denn auch Pierres Stimme schien ihre Kraft zu verlieren, die Kraft und die Hartnäckigkeit, so, als schwände ihm langsam die Lust an dem Duell. Und hatte er es überhaupt gewollt, mich so zu quälen, womöglich mit Hilfe von Gott, der sich neuerdings einzudrängen begann, vor allem, seitdem wir in der Kunsthalle die frommen Werke des Mittelalters betrachtet hatten, Meister Bertram und Meister Francke und die vielen anderen, die immer nur den Herrn gemalt hatten, ihn und seine Geschöpfe, immer wieder Gottesgeschichten.

»Die konnten es noch«, sagte Moorwede. »Sie glaubten daran.«

»Möchtest du das auch können?«, fragte ich.

Er zuckte mit den Schultern, »wie denn? Manchmal allerdings würde ich es gern«, und ich meinte fast mich selbst zu hören, »wie lange noch, Gott, wie lange?«

Die alte, zwiespältige Litanei, vielleicht ja auch nur meine ganz private Inszenierung, als Sühne für das gestohlene Glück. Selbst Leo wusste nichts davon, und dann, als es eines Mittags aus mir herausbrach, nannte er das Dilemma alltäglich, weil der absehbare Verlust eines geliebten Menschen vielfältige Gefühle zu wecken imstande sei, gute und weniger gute, wie sogar er es trotz aller Vertrautheit mit dem Tod beim langsamen Abschied seiner Mutter erfahren habe. Ein Gemenge aus Angst und Trauer, aber auch Spuren von Überdruss dazwischen und der grässliche Wunsch, dass es vorbei sein möge mit der Qual, endlich vorbei, auch für ihn. Doch, durchaus alltäglich, »aber noch heute«, sagte er, »schäme ich mich deswegen, und bei dir wird es sicher ähnlich sein, das muss man ertragen.«

Vor dem Essen waren wir wieder in einer Ausstellung gewesen, Nolde, schon zum zweiten Mal. Diese düster leuchtenden Farben der Nordseebilder. In Gedanken hatte ich sie mitgenommen, und nun verlor sich ihre Magie.

»Ich werde in ein Loch fallen«, sagte ich.

Leo zog meinen Kopf an seine Schulter, »nicht für immer. Du hast das Deine getan. Und du bleibst nicht allein zurück.«

Es schrillte in meinen Ohren, als versuchte er, sich schon jetzt als Ersatzmann in Stellung zu bringen. Unsinnig, diese Zweifel, ausgerechnet Leo. Dennoch, sie hatten sich eingeschlichen, und ich war froh, dass man ihn in die Klinik rief und der Rest dieses Tages mir allein gehörte.

Viel Zeit für Pierre, dachte ich auf dem Weg nach Hause, saß dort schweigend an seinem Bett, Stunde um Stunde, bis Mitternacht, und schlenderte später im Schlaf noch einmal neben Leo durch die Kunsthalle, an Bildern vorbei, die ihm und mir ihre Geschichten zuraunten und unsere wurden, fast wie in der Wirklichkeit, wenn wir eine Brücke zwischen seinen und meinen Gedanken zu schlagen versuchten.

Eine Brücke aus Worten. Es tat mir gut, mit ihm zu reden, über Bilder und Menschen und was immer uns bewegte. Mit Pierre war es auch so gewesen, bevor die Störfälle kamen, gut, einfach gut, weshalb das Heute allerdings tabu sein musste. Kein Morgen und Übermorgen für Leo und mich, nie eine Reise planen oder den Umzug in eine gemeinsame Wohnung irgendwann, denn jedes Irgendwann hätte Pierres Tod vorausgesetzt. Später, wenn er tot ist, unmöglich, dergleichen auszusprechen oder zu hören. Nur Bilder waren erlaubt, Rom etwa oder die Tempel von Bali, Erinnerungen an Reisen von einst. Stumme Bilder einer verstummten Vergangenheit, die das Heute zu zerstören drohten, wie lange noch, wie lange. Diese immerwährende Litanei, endlos, dachte ich in dem ersten Jahr mit Leo, auch noch im zweiten. Doch gleich zu Beginn des dritten war es so weit: wieder ein grauer Morgen, als ich von Leo kam, der Himmel verhangen, es roch nach Regen. Bei den ersten Häusern von Einbeek begann es zu nieseln, und dann stürzte Schwester Guda mir entgegen, er ist tot, Frau Nora, er ist tot.

Tot, nur ein Wort, das in meinem Kopf kreiste während der wenigen Schritte vom Auto an sein Bett, wo er lag, wie immer auf dem Rücken und die Hände gefaltet, aber tot, ja, so hieß es, tot. Ich setzte mich noch einmal neben das weiße, endgültig verstummte Gesicht, endgültig, schwer zu begreifen, trotz der langen Vorbereitung auf diesen Moment. Die Stirn unter meinen Lippen schien noch einen Rest Leben zu reflektieren, warum hast du nicht warten können, Pierre, ich bin doch schon unterwegs gewesen, warum nicht noch warten, warum nicht wenigstens das.

Vor zwanzig Minuten etwa, sagte Schwester Guda, habe sie nach ihm gesehen, da lebte er noch, und nie, dachte ich, nie würde ich mir verzeihen können, dass er so einsam dem Tod begegnen musste, ohne seine Hand in meiner und mit der vertrauten Stimme im Ohr, keine Angst, Pierre, ich bin da, alles ist gut, alles ist gut. Aber ich war nicht da gewesen, ich war bei Leo, der mich spät abends angerufen hatte nach einer tödlich verlaufenen Operation, komm her, bitte komm, und ich war zu ihm gefahren und geblieben, dabei wussten wir doch, dass der Tod auch auf Pierre lauerte.

»Es sieht nicht gut aus«, hatte der Hausarzt mich vor kurzem erst gewarnt. »Das lange Leiden, der absolute Mangel an Bewegung, was soll man tun. In der nächsten Woche muss er wieder durchgecheckt werden, die Lunge vor allem, dann sehen wir weiter.«

Moorwede hatte Ähnliches geäußert, mich in dieser letzten Nacht aber zu beschwichtigen versucht. Ja, irgendwann würde es passieren, aber warum ausgerechnet heute. Jede Minute könne man ihn ohnehin nicht bewachen, und immerhin sei Guda anwesend. Ein Argument, das ich gelten ließ, auch angesichts seiner Verstörung, weil die ihm unter den Händen gebliebene Patientin drei kleine Kinder zurücklassen musste, von denen zwei noch nicht mal in die Schule gingen. Onkel Doktor, hatten sie gesagt, du machst doch unsere Mama wieder gesund, und er hatte genickt, na klar, versprochen. Versprochen – gebrochen. Nun würden sie weinen, und er weinte auch, und ich sollte bei ihm bleiben.

Doch jetzt war es Pierre, der immer kälter wurde, vom Leben verlassen, und als Leo neben mir an seinem Bett stand, konnte ich ihn nicht ertragen, nicht seine Wärme, nicht seinen Atem, und dass er mich festgehalten hatte, während Pierre starb.

»Geh bitte«, sagte ich.

»Warum?«, fragte er.

»Weil wir nicht zusammen auf dem Sarg tanzen dürfen«, sagte ich und dachte, dies sei es gewesen mit ihm und mir.

Und nun, drei Tage später, stehe ich an dem offenen Grab, Pierres Bild in der Hand, der lachende Pierre aus unserer Göttinger Zeit, und um mich herum die Trauergemeinde, die nach dem Schlussgebet Erde auf den Sarg fallen lässt und sich wortlos zerstreut. Bitte keine Beileidsbekundungen, hatte in der Anzeige gestanden, daran hielt man sich.

Auch Schwester Guda habe ich weggeschickt, und bin nun allein hier, »ganz allein, Pierre«, sage ich, und dann steht Leo hinter mir. Er nimmt meine Hand, komm, aber ich kann es nicht, das weiß er doch, und er nickt, er hat es verstanden. Langsam geht er den Friedhofsweg entlang zu der schmalen Pforte, der Letzte von den Lebenden. Was bleibt, sind die Gräber, in denen die anderen wohnen, die, zu denen Pierre jetzt gehört. Zwei Schritte über den Rand dieser offenen Grube, und auch ich könnte eine von ihnen sein. Zwei Schritte nur.

»Willst du das?«, frage ich und warte nicht mehr auf Antwort, wozu, die Toten schweigen. Aber ich weiß, was er sagen würde, der lachende Junge auf dem Bild in meiner Hand. »Geh«, würde er sagen, »lass mich in Ruhe, du lebst, geh, wohin du gehörst, geh endlich.« Und ich wende mich ab, langsam, ganz langsam, Schritt für Schritt. Dann bin ich auf dem Weg, zögere, sehe, wie Leo das Tor öffnet, ins Freie, und fange an zu laufen.

btb

Frank McCourt

Die Asche meiner Mutter

Irische Erinnerungen

540 Seiten

ISBN 978-3-442-72307-2

»Es ist das trauriglustigste Buch auf Erden. Eines, mit dem man die Liebe erklärt. Es ist ein Buch, das lebt … Ein Buch, das keiner vergisst.« *Die Weltwoche*

Ein rundherum tolles Land

Erinnerungen

544 Seiten

ISBN 978-3-442-72545-8

»Nach wenigen Seiten der Lektüre wiederholt sich das Wunder von ›Die Asche meiner Mutter‹: Das Buch packt, ergreift, amüsiert und lässt einen nicht mehr los.« *Süddeutsche Zeitung*

Tag und Nacht und auch im Sommer

Erinnerungen

336 Seiten

ISBN 978-3-442-73750-5

»McCourt hat sich wieder eingeschwungen auf seinen unnachahmlichen Ton der bitter-komischen Selbstironie, in dem er nun über seine 30 Arbeitsjahre in New Yorker Klassenzimmern berichtet … Frank McCourt ist mit ›Tag und Nacht und auch im Sommer‹ eine glänzende Fortsetzung seiner Memoiren gelungen.«
Deutschlandradio Kultur, Deutschlandfunk